Inventário
das sobras

Copyright do texto © 2015 Esther Proença Soares
Copyright da edição © 2015 Escrituras Editora

Os contos "Almagemea.com", "Sol de inverno", "O besouro", "Asa delta", "Princesa" e "O rei das pipas" foram extraídos do livro *Nós, o gato e outras histórias*. Sua inserção na edição atual foi autorizada por Marcia Ligia Guidin, da Editora Miró.

Todos os direitos desta edição reservados à
Escrituras Editora e Distribuidora de Livros Ltda.
Rua Maestro Callia, 123 — Vila Mariana — São Paulo, SP — 04012-100
Tel.: (11) 5904-4499 / Fax: (11) 5904-4495
escrituras@escrituras.com.br
www.escrituras.com.br

Diretor editorial: Raimundo Gadelha
Coordenação editorial: Mariana Cardoso
Assistente editorial: Gabriel Antonio Urquiri
Imagem da capa: Paulo Gil
Capa, projeto gráfico e diagramação: Bruno Brum
Impressão: Graphium

```
Dados Internacionais de Catalogação na Publicação (CIP)
       (Câmara Brasileira do Livro, SP, Brasil)

    Soares, Esther Proença
        Inventário das sobras / Esther Proença Soares. —
    São Paulo: Escrituras Editora, 2015.

        ISBN 978-85-7531-655-9

        1. Contos brasileiros I. Título.

15-05971                                         CDD-869.3

            Índices para catálogo sistemático:
          1. Contos: Literatura brasileira    869.3
```

Impresso no Brasil
Printed in Brazil

Esther Proença Soares

INVENTÁRIO DAS SOBRAS

escrituras
São Paulo, 2015

Para
Maria Capriolli Paiotti
Marcia Ligia Guidin
Mirna Gleich Pinsky
Raimundo Gadelha

"Tudo o que você quiser, sim senhor, mas são as palavras que cantam, que sobem e descem... Prosterno-me diante delas... Amo-as, abraço-as, persigo-as, mordo-as, derreto-as... Amo tanto as palavras"...

Pablo Neruda

Sumário

O colecionador 11
Das escolhas 13
Erva-doce 16
Apassionata 20
Beijo roubado 23
Damas da noite 26
Era uma noite maravilhosa 29
O colar 33
Lua crescente 36
O catavento 39
Prelúdios 42
Asa delta 45
Anjo de boca mole 51
Isabel era toda azul 55
Bonjour, Paris 59
Doce noite 62
Prova de amor 64
almagemea.com 66
Alvorada Grill 71
Bafo de onça 75
Carta para Adélia 78
Cão ferido 83
O rei das pipas 84
Inventário das sobras 88
Xô, passarinho! 91
Pecados capitais 94
Princesa 96
Sol de inverno 100

Deus não existe 103
Rua vazia 105
Roteiro 108
Sublimes palavras 112
O besouro 117
Shuludrim 121
Depois de tudo, uma explicação 123

Sobre a autora 127

O colecionador

Meu tio colecionava borboletas mortas. Eu era bem pequena e ficava encantada com suas cores iridescentes cutucando minha imaginação. Quando eu mudava um pouquinho só o ângulo de meu olhar, mudavam também as tonalidades brilhantes de suas asas abertas e imóveis.

Meu tio caçava borboletas vivas em nosso jardim. Tinha fabricado um saco de caçar borboletas que a gente só via nos livros de história, com um cabo bem comprido, parecia um coador de café, só que maior e de filó. Eu achava que ele tinha usado o filó que sobrara do berço de meu irmão caçula.

Naquele tempo não havia poluição, nossa rua era tranquila, o jardim pequeno, mas tínhamos flores lindas que ele mesmo plantava, regava e via crescer. Quando as flores abriam, não deixava ninguém colher. Minha mãe queria cortá-las para colocar em vasos, mas ele não permitia: "Deixe aí, Maria, senão você afugenta as borboletas." E elas vinham em bandos, até algumas azuis, tão raras hoje.

Elas se sentavam nas flores com as asas fechadas, — eu ficava olhando — esfregavam as patinhas da frente uma na outra, eu imaginava que estariam até bocejando e espreguiçando seu cansaço. Meu tio chegava bem devagarzinho com seu saco de filó, ia abaixando o braço ate prendê-las lá dentro.

Eu torcia por elas, queria mesmo que fugissem, sabia que seriam esvaziadas, ganhariam recheio de algodão. Acho que ele era um serial killer de borboletas porque depois que as caçava, sumia com elas para dentro de seu quarto.

Dias depois elas apareciam no quadro, espetadas com alfinetes, com um escrito embaixo de cada uma. Ele dizia que gostava de estudar as borboletas. Um dia perguntei se existia gente que gostava de estudar criancinhas e se eu também poderia ser espetada assim, de braços abertos, em algum quadro com um escrito abaixo de meus pés. Não entendi porque ele deu uma gargalhada e não me respondeu. No jantar, contou para toda a família o que eu tinha falado. Todos me olhavam, morrendo de rir. Senti um calorão danado no rosto, escorreguei da cadeira e me escondi onde sempre me abrigava quando me sentia envergonhada: embaixo da mesa, tampando os ouvidos, as bochechas pegando fogo e as lágrimas escorrendo.

Tempos depois, nossa rua se encheu de carros e de poeira, nosso jardim secou, o cheiro de gasolina e a fumaça dos ônibus nos expulsaram de lá. Meu tio entrou para a faculdade, levou todos os quadros de borboletas mortas, virou cientista.

Acho que é por isso que eu odeio bicho empalhado, museus de história natural, cabeças de veados nas paredes dos castelos ingleses que visitei depois de adulta, tudo cheirando a formol e morte sofrida.

Hoje coleciono sonhos. Penduro-os nos cabides da imaginação, vivos, alimento cada um para que cresçam fortes, mas escancaro as portas para que possam voar livremente. E me orgulho de minha coleção.

Aprendi que não preciso me esconder em baixo das mesas por ser essa incorrigível colecionadora de sonhos alados: se vou conseguir que se realizem, não sei, se irão voltar, não sei. Sei que eles enfeitam minha vida e que eu já não conseguiria sobreviver sem eles, os meus sonhos.

Das escolhas

Aos oito anos escorregou do telhado. Tinha ido resgatar a pipa, mas veio abaixo sem ela. Caiu de árvores e bicicletas, mergulhou num poço e só foi achado vinte horas depois, ralou joelhos e cotovelos, quebrou o mindinho, o seu-vizinho e o fura-bolos quando levou uma queda do skate.

Depois quebrou o braço esquerdo esquiando, a perna direita quando a moto deslizou em uma rua alagada. Aterrou de mau jeito quando saltou de paraquedas: quatro costelas quebradas, preço baixo para o tamanho do tombo.

Gostava do perigo, de esportes com emoção, qualquer tipo o fascinava. Viciado em desafios, saia antes do amanhecer, o ronco da moto possante anunciava-o. Preferia a aventura a acordar, como os amigos, enroscado em pernas de namoradas. Amava sentir o vento frio das escaladas, a umidade da madrugada, pelo prazer de chegar exausto ao pico das montanhas e, vitorioso, olhar a paisagem adormecida, imaginando a vida dos outros que rolava por trás de cada janela, — a vida intramuros que ele se negava a viver.

Deus só olhando:

— Esporte besta, esse! Livre escolha dele...

Da última vez, a corda se rompeu, nem estava gasta, ele se cuidava, mas rolou montanha abaixo. Foram meses de cirurgias, pinos, gesso, repouso, fisioterapias. E dor.

— Agora, só esportes aquáticos, determinou o médico.

E aí ele quase morreu afogado quando a prancha de surf bateu em sua cabeça em uma difícil manobra mal terminada.

Então concordou com a mãe: a melhor solução seria contratar um anjo, os últimos acontecimentos apontavam para o pior.

— Então, chama, disse, eu topo!

A mãe era do ramo: novenas, missa diária, altos papos-cabeça com Deus, logo fez contato. E o contrato. Ela mesma propôs um preço pesado: promessas duras que ela e o filho deviam cumprir.

No dia seguinte, o anjo chegou. Enorme, atlético, altivo, morenão, vários pares de asas fartas mexiam-se ligeiramente ao menor sopro de vento, mesmo quando firmou os pés no chão.

— Gabriel?! Que exagero!!! Não podia ser uma anjinha? Chama menos atenção, não acha? a mãe perguntou assustada.

— Sim, dá na mesma, pelo que você contou, o Chefe achou melhor que fosse eu, mas pra mim tanto faz... — Então a figura celestial minguou, menos plumagem, um rosto feminino apareceu, olhos azuis, o cabelo encaracolado — e louro como nas figuras das igrejas — o sorriso doce, tudo encantou mãe e filho boquiabertos.

— Mas, assim frágil, como você pode me proteger?

Ela sorriu enigmática:

— Meus poderes não são a força bruta. Sedutora, abanava as asas com extrema suavidade, como se nada pesassem.

A mãe, maravilhada, e mais aliviada, redobrou as idas à igreja, as orações, as promessas.

E ele, mãos dadas com a anja linda, delicada, passou a circular pela cidade exibindo-a, enlevado. Mas as asas começaram a criar problemas insolúveis: não entravam em elevador, em cabines telefônicas, não passavam nas portas giratórias, não cabiam no banco do carro. E ele, sem ela, sentia-se inseguro.

— Dá pra você diminuir um pouco?

— Dá, sim, de que tamanho você quer?

— Uns vinte centímetros, assim eu te carrego...

Imediatamente ela providenciou o novo formato. Parecia uma estatueta de *biscuit*. Ele a levantou do chão e equilibrou-a encarapitada no ombro como um papagaio de pirata. Mas, a qualquer movimento dela, as asas faziam cócegas em sua orelha, não dava. E toda gente queria tocá-la, carregá-la — só um pouquinho — olhares de inveja e cobiça. Então ele comprou uma gaiola e trancou-a dentro, para maior segurança de ambos. Agora passeavam juntos, a gaiola pendurada no braço, as mãos livres para qualquer emergência.

Só que não havia mais emergências em sua vida. Nada mais o desafiava, vivia uma vida plana, sem sabor, sua eficientíssima guardiã o protegia, era um escudo à prova de bala, redoma inquebrantável ao seu redor, — Transformou a minha vida numa merda!!! — Ela não dormia — Nunca! — vigiava sua segurança, olhar atento, nada se propunha, ela abolia todos os perigos, a vida tinha perdido a graça.

Andava murcho, sem dificuldades, sem estímulos, tudo dava certo. Bastava um olhar da fadinha, agora irritante no cumprimento de sua missão e ele se salvava. Fazia testes cada vez mais perigosos — até pulou do quinto andar — mas flutuou, ela amenizou a queda: dedo indicador levantado, comandava chuvas, ventos, velocidade, peso.

Então, ele arquitetou seu plano de alforria:

— Proteção total ou meu contrato de volta! Na hora do mais intenso movimento, deitou-se bem no meio da avenida, braços e pernas estendidos em estrela. Ela parou carros, ônibus, helicópteros, aviões, a cidade congelada, pessoas paralisadas: um homem assoava o nariz, um garoto roubava a bolsa de uma velhinha, um pai arrastava os filhos pelas mãos, um casal enlaçado se beijava apaixonadamente. A vida não fluía ali naquele quadro vivo tragicômico. A sua vida também tinha estacionado — na contramão.

Ele se levantou, abriu a gaiola, retirou a bela anjinha com delicadeza, para não ferir suas asas. Sussurrou algumas palavras em seu ouvido, ela fez biquinho, deu de ombros, num gesto patético e cauteloso:

— Como queira, ela disse — ele, então, jogou-a para o alto como teria jogado um pássaro para devolver-lhe a liberdade.

— Adeus, anja linda! Obrigado, mas chega! Contrato terminado! Diz pra Deus que eu te devolvo intacta, mas quero minha adrenalina de volta.

Empolgado, suando frio, saiu correndo antes que tudo retomasse movimento. O desafio, agora, era chegar vivo no outro lado da rua.

Erva-doce

Recostada sobre uma dezena de almofadas macias, Maria Laura tentava se concentrar no livro que o sobrinho tinha trazido na véspera: as montanhas azuladas, ao longe, magnetizavam seu olhar. Tinha passado a vida mergulhada em literatura. Eram longas as horas de solidão no silêncio do casarão centenário. Longas, mas não vazias. Lia de tudo. Deslumbrava-se agora com o talento e a ousadia dos escritores jovens. Mas a vista já não ajudava muito, a atenção fugia do texto, incapaz de acompanhar a história como antes.

Fratura, operação, prótese, imobilidade, paciência, e ali estava de castigo, em seu quarto, no segundo andar. As janelas largas abriam sobre o jardim sempre verde da fazenda colonial, herança dos pais de Silvio. A cama larga, senhorial, os armários pesados de jacarandá com portas enormes de espelho, falavam também de mais de cem anos.

Na sala de jantar, o carrilhão bateu e ecoou por toda a casa.
— "Já são três horas!... Por isso o sol já está chegando aqui na minha cama, quentinho"...

Ela tinha tropeçado no tapete da entrada. As franjas ralas se emaranhavam facilmente, mas não se consertava, tudo ia ficando assim mesmo, afinal era muito velho, dos tempos em que o café produzia o sustento da família toda.

"Que histórias esse tapete poderia contar", pensou. Encalorada, afastou o lençol de linho branco bordado, ainda do seu enxoval.
— Tudo conta histórias aqui, é só buscar.

De repente, um estrondo de coisas rolando pelo assoalho, gritos ecoam escada acima.
— Mirinha! Que foi isso, minha filha? — gritou assustada.
— Escorreguei, Tia Laura, não sei como. — A voz saía meio truncada.
— Você se machucou? — sem poder se levantar, o susto aumentava.

— Acho que não, Tia. O pior é que quebrei um monte de coisas — a voz agora saía mais clara.
— Foi a prateleira azul, não foi? Tem certeza de que não se machucou?
— Sim, Tia, tenho... — os passos na escada, firmes, bem ritmados, confirmavam,— foi a prateleira azul, sim, ela já estava toda desconjuntada.
— Ah! Eu sabia que isso ia acabar acontecendo.
— Mas já estou bem, Tia Laurinha, não se assuste. Só uma dorzinha no ombro, nada, não. — Sorriu meio sem graça, entrando no quarto:
— O pior é que isso aqui também moeu.
— O quê? Deixa ver.
— Sua caixinha de música, não era de porcelana, era, Tia? Desculpe, só sobraram esses cacos, a maquininha da música também. Não funcionava mais, não é?

Maria Laura acolheu os pedaços embrulhados em um guardanapo. Abriu-o com cuidado. Esforçava-se para não se emocionar com a notícia:
— Eu já tinha pedido mil vezes para alguém chamar o marceneiro, mas seu pai achava que não valia a pena, que era melhor jogar a prateleira no lixo... agora vamos ter que jogar...
— Desculpe, Tia, eu não...
— Tudo bem, minha filha, — ela interrompeu — o importante é que você não se machucou. Gente jovem cai como bola de borracha, cai e pula — acrescentou rindo.
— É mesmo. Vou pegar um pano pra dar um jeito lá em baixo. Amanhã a gente pede pro Antônio acabar o serviço. Na volta trago o seu chazinho. De erva-doce, não é? — deu um olhar desapontado para a tia:
— Moeu tudo, que pena!

Maria Laura, em silêncio, observava cada pedaço, pedaços de sua vida. Só agora percebia que a caixa de música não era de porcelana, mas de cerâmica, modesta, simples. Procurava encaixar os arabescos em tinta dourada. Na tampa, quando inteira, Cupido atirava uma flecha. Mas nada fazia sentido agora, faltavam ligações.

Lembrou-se do dia em que sua mãe tinha trazido o presente, ela tinha doze anos, a voz querida chegava em ondas:

— "Quem sabe um dia esse Cupido flecha o coração de algum príncipe encantado para se casar com minha filhinha?"...

Ela tinha adorado aquela caixinha mágica. Todas as noites, antes de dormir, abria a tampa e a música se repetia baixinho, enquanto ela sonhava o sonho da mãe.

Poucos anos depois, Silvio chegou, paixão de romance, certamente flechado por aquela figura mal acabada que, ali da tampa, enviesava um olhar cúmplice para ela.

— Coisas de menina que acontecem à revelia dos adultos céticos, sabe-se lá porquê.

Acariciava cada peça, os dedos iam mergulhando em fragmentos de seu passado, o olhar perdido no céu azul sem nuvens que ela via pelas janelas escancaradas.

Como numa tela, bons e maus momentos desfilavam silenciosos: o noivado, o casamento sem filhos, a vida na fazenda, os olhos sempre grudados no céu tentando adivinhar geadas, secas, as pragas, o preço do café...

— Silvio querido, meu querido amor, que saudades... — Chapelão de feltro negro, a camisa sempre meio larga flutuando ao vento — como ele detestava roupa justa —percorria toda a fazenda a cavalo, quando moço, — depois, naquele jipão verde... como sacolejava!... — a lembrança nítida da música, do Cupido, a caixinha sempre na prateleira azul, sempre presente em seu cotidiano pleno. Também as doenças, as mortes, as separações dolorosas, tudo estava documentado nela, para sempre testemunha.

Mirinha chegou:

— Seu chá, pelando como você gosta. — A bandeja de prata, a toalha de renda, xícara de porcelana, o chá da erva-doce colhida ali mesmo ao lado da cozinha, sequilhos de araruta, branquinhos. — Como os dentes dele — Maria Laura lembrava.

Mirinha ajeitou a bandeja sobre o colo da tia. Um agrado nos cabelos, um beijo na testa, sorriu:

— Quando eu chegar lá em casa, te compro outra, muito mais bonita. Também essa caixinha não valia grande coisa, valia?

Maria Laura retribuiu o carinho. O Sol e um sorriso generoso iluminaram seu rosto:

— É, não valia grande coisa, meu amor... — Só as montanhas ao longe, solidárias, sabiam. — Só preciso agora é deste seu delicioso chazinho de erva-doce...

Apassionata

Nuvens gordas, cor-de-rosa, coloriam o poente por trás dos prédios á sua esquerda. Eles caminhavam pela avenida lado a lado já há algum tempo, em silêncio, devagar, pensativos. O mar, calmo naquela hora melancólica do anoitecer, dava suporte para a cena. Respeitavam a quase ausência de palavras. Curiosamente, nenhuma nuvem naquele pedaço, apenas um manto altíssimo azul-profundo somando ao longe água e céu.
— Então, é isso.
— A voz dela, contida, grave, rompeu o silêncio.
— É. Não procurei, aconteceu.
— Não era o que eu esperava.
— E o que você esperava?
Ela deu de ombros:
— Diferente.
— Diferente em que pedaço?
— Não agora, pelo menos a gente por algum tempo mais...
Ela parou, sentou-se no banco, de costas para a praia, olhou para ele demoradamente, tirou um pé de tênis e sacudiu-o:
— Espera. Entrou uma pedra no meu sapato. Está doendo...
— acentuava cada palavra.
Ele parou também, olhando para o nada. Não percebeu as entrelinhas. Tirou um cigarro, acendeu-o, deu uma longa baforada, deliciado.
— Você não tinha largado? — ela perguntou.
— Tinha. Não posso?
— Não deve, vai te fazer mal. — Tirou o outro tênis e retomou a caminhada descalça.
— Isso também vai te fazer mal, ele disse.
— Está quente, não vai, não, deixa disso. — Ela se virou e seguiu andando de costas, um pouco à sua frente. Tentava segurar o olhar

dele, encarava-o fixamente. Ele escapava, olhava para o céu, girava o rosto diretamente em direção da areia.

— 'Tá tudo meio vazio, hoje — ele fugia. — pouca gente, poucos carros, por que será?

— Diz: é isso, então? Quando vai ser? — ela insistiu.

Ele continuava se esquivando. A mão esquerda no bolso da calça jeans, com a direita segurava o cigarro, tentava fazer anéis de fumaça, eles subiam e logo se desmanchavam tênues no ar. Ela observava a beleza daquele semideus caído — por engano? — em sua vida monótona e solitária de professora e, apesar de tudo, quase sorriu, já saudosa.

Desde que se conheceram, quando ele veio pela primeira vez à reunião de pais, tinham sido gloriosos os momentos de felicidade: as dificuldades da criança, filha dele e sua aluna, aproximaram os dois pouco a pouco, e ali estavam agora. Que importava a diferença de idade? Como simplesmente deletar assim de repente aqueles dois anos de entrega apaixonada?

Um casal de idosos passou no sentido oposto: braços dados, falavam alto e riam muito. Automaticamente desviaram pela direita para não se esbarrarem. Ficou no ar um saudável perfume de lavanda, banho recente talvez. Talvez...

Ela se lembrou, com alguma inveja dos momentos mágicos, eles também entrelaçados na banheira cheia de espuma, momentos já ficando distantes. Esperou que se afastassem, retomou:

— Pra mim está claro que é isso. A nossa diferença, não é? — Bateu um tênis contra o outro. Tentava tirar qualquer grão de areia que pudesse ter ficado dentro. Ou pedra.

— Me dá um tempo, ainda não sei como vai ser depois.

Ela parou bem na frente dele, tensa, os rostos quase se tocando, sentia o hálito de fumaça, enjoava:

— Não vai haver depois. Que idade ela tem, mesmo?

— Vinte e cinco, — disse vagamente, atirando o cigarro fora.

Ela desistiu da marcação corpo-a-corpo e retomou a caminhada ao lado dele. Apenas respirava profundamente, os olhos fechados por algum tempo. Quando os abriu, estavam molhados.
— Você ainda tem tempo pra tomar uma cerveja? — ela perguntou.
Mordia os lábios com firmeza. Sabia que aquilo era o ponto final, desde o começo soube que seria assim o ponto final. Bem do seu feitio era manter a dignidade, ser forte.
Ele acariciou com meiguice os cabelos grisalhos que ela aceitava com honestidade.
— Tudo bem, tenho.
Passou o braço sobre os ombros dela. Aversão, desconforto, prazer? Como definir? Ela fingiu não perceber a generosidade do gesto e delicadamente, como sempre, retribuiu enlaçando sua cintura pela última vez.
Devagar continuaram a caminhada, novamente em silêncio, agora no mesmo passo. Dobraram a esquina. O mar ficava para trás, quebrava ainda manso. Ela não percebeu quando ele, disfarçadamente, consultou o relógio, um pouco aflito. Nem percebeu quando uma Lua enorme, plena, ancestral, começou a romper a linha do horizonte. Apenas seguia em frente, sentindo no rosto uma leve brisa anunciando a noite que se propunha triste e vazia.

Beijo roubado

Subiu as escadas de dois em dois: não tinha paciência para enfrentar a fila dos elevadores. Precisava desabafar com Silvia, estava mal, angustiado, perdido.

— A doutora ainda não chegou, ela teve uma emergência, pediu para o senhor aguardar. — Emergência hoje sou eu, não me aguento mais, pensou.

Caminhou pela sala uns poucos passos e parou diante da janela; queria parar também o ruído dos passos do relógio, ou apressá-los, tentou ler uma revista, logo a atirou sobre a mesa.

— Aceita uma água, senhor Leonardo? — Detesto que me chamem de Leonardo, Leo, sou Leo, devia ser um leão, agora sou só um gato triste sem dono.

O pesadelo recorrente, cada vez mais angustiante, precisava conversar com Silvia, ela tinha afirmado que iria passar.

— Esse remédio vai ajudar você a dormir. — inútil. A noite tinha sido desesperadora. Desta vez com consequências absurdas: como um adolescente, acordara molhado e tenso, também transpirava muito, sentia frio, mas transpirava. Precisava dela.

Tinha caído mais uma vez naquele buraco enorme, aberração da natureza, no meio de uma floresta densa. Via-se mergulhando no vazio, tentava respirar, mas o ar lhe faltava. Sensação dolorosa de um espaço infinito, uma queda sem fim, queria gritar, a voz trancada não era ouvida. Ninguém, só ele mesmo se via do alto. Então, duas pernas de mulher o agarravam pela cintura, juntos davam voltas, ele tentava não se desprender das coxas, via os pés pequenos, delicados, tentava passar a mão entre seus dedos, as unhas pintadas de vermelho-sangue, ele alisava a pele macia, tentava beijar o corpo, o rosto, mas só havia pernas, sem rosto, sem corpo nenhum. No infindável espaço de tempo do mergulho, o prazer daquele toque extravasara do sonho para a realidade, prazer doloroso e abundante. De repente, uma sensação de alivio, a queda interrompida. Tinha levantado o rosto abafado pelas cobertas, acordou mais uma vez, os lençóis molhados pelo gozo inesperado, conseguia respirar agora, mas, estraçalhado, todo o corpo doía.

Precisava de Silvia urgentemente: não suportaria outra noite cambaleando sozinho, ainda que em sonhos, entre o prazer e a dor. Juntos iriam buscar o significado daquele emaranhado de símbolos.

Já fazia análise há um ano, desde que Alice o deixara para ir viver longe, voto de pobreza, entregue à loucura daquela vida primitiva com que sempre tinha sonhado. Nem mesmo discutiram. De nada adiantaria qualquer argumentação, ela irredutível, determinada, desapareceu. Com quem dividir a cama, o café da manhã, as dúvidas, a solidão? Uma solidão cada vez mais avassaladora que lhe devorava entranhas e coração...

Silvia, com sua firmeza, tinha conseguido lhe amarrar as tripas da alma, desviou seus passos do suicídio, era seu único suporte.

Agora ali, enquanto a esperava, embora acordado, sufocava com a sensação daquelas pernas ancoradas em sua cintura. O desejo de tocá-las no sonho tinha sido extremamente forte, a lembrança do orgasmo tão prazeroso ainda doía em seu próprio corpo. Precisava urgentemente daquele desabafo.

— Vamos, Leo? — A porta do consultório se abriu, enfim. Ele entrou; no ritual de sempre, cumprimentaram-se, ele se atirou na poltrona macia, arfando ainda, olhos fechados. Demorou para retomar fôlego e coragem. Silêncio.

Muito devagar abriu os olhos na direção dela, mas ainda sem vê-la, ela sentada a sua frente, esperando com paciência de profissional. Primeiro demorou-se a observar móveis e objetos que o cercavam, revirava o olhar para o teto, para o chão, a boca semi-aberta, os lábios secos, não ousava encará-la.

Então percebeu suas pernas nuas cruzadas, os pés pequenos, delicados, os dedos com unhas pintadas escapando pelas tiras da sandália vermelha, ameaçadora. Um princípio de compreensão esboçou-se no fundo da mente. Quase tocava o sentido buscado. Mas, ainda nebuloso, lhe escapou.

Em delírio tentou esticar as mãos, alisar a pele macia daquelas pernas reais, sem corpo, sem rosto, só pernas, seu próprio corpo tenso, um prazer doloroso agulhando seus nervos, chegando sorrateiro.

Desmaiou. Não viu quando Silvia se curvou sobre ele e delicadamente beijou suas pálpebras.

Damas da noite

Ainda atordoado, subia em marcha lenta a avenida, sábado, onze da noite. Noite quente, o perfume das rosas no banco a seu lado dessa vez enjoava um pouco. Não tinha pressa de chegar, era sábado, não era dia de dormir em casa, mas estava de volta, volta ao lar... Isso atrapalhava sua rotina.

De longe, percebeu o brilho da blusa vermelha que a mulher usava. Parada na calçada, de mini-saia e saltos altíssimos, oferecia-se sedutora aos carros que passavam. Qual poderia ser o sentido de vida daquela moça lá, se perguntou.

Tinha acordado naquela manhã com uma aguda consciência da inutilidade das coisas, sentimento novo, estranho, todas as línguas se incomunicando em sua torre de babel. Fisicamente, com um gosto amargo na boca ressecada. O feitiço contra o feiticeiro. Qual o sentido de sua própria vida? Fazia-se agora a mesma pergunta.

Deslizou um meio olhar sobre a mesa do outro lado do quarto. O computador aberto, dezenas de folhas de papel se desorganizavam, desafiando-o. O que fazer com elas? Recomeçar do zero, talvez, as respostas não fechavam. Afinal, qual o sentido da Vida, da Vida? Não de vida de cada um, mas da Vida, qual a essência da própria Vida. Que diferença faz a semântica banal de um simples artigo!...

Andava agora pesquisando, escrever um livro, talvez, ao fim...

O zero sempre fora o limite entre os fragmentos de sua existência. Conviver com o recomeço sempre tinham sido tentativas patéticas de sobrevivência. Eram sempre meses de consultas, entrevistas, conclusões teóricas que, na prática, ele nunca terminava. Papeis inúteis de pesquisas inúteis que iam se acumulando nos armários, inacabados.

Escorregou desapressado para fora da cama com cuidado para não pisar sobre os livros que deixava a sua volta. Nunca desligava a luz do abajur. Dormia pouco, entrecortado, acordava, estendia o braço e pegava sem escolha qualquer um deles. Algumas páginas de leitura e adormecia com o livro aberto sobre o peito.

Depois, desordenadamente cumpria o ritual da manhã: banho/café/leitura, leitura/café/banho, mas cumpria. Ao meio-dia, passava no Banco e retirava o suficiente para viver por exatos dois dias. Almoçava no bar da esquina, tudo limpo, saboroso, e barato. Trazia as sobras para casa, garantia de jantar bem.

À noite, visitava Lígia. Às terças, quintas e sábados, visitava Lígia. Jantavam as delícias que ela preparava, viam televisão e depois transavam furiosamente. E dormiam pacificados. Há oito anos, sem nunca faltar, aos sábados comprava rosas vermelhas, gostava do perfume, ela sorria, beijava-o com mais calor.

Mas hoje algo tinha se partido: era sábado, ele tinha levado as rosas, mas ela estava assustadoramente irritada, ou magoada, ele não conhecia aquela expressão de seu rosto. Por quê?

— Chega, ela disse, acabou! Vai embora. Ele não entendeu e perguntou-lhe o quê tinha acabado.

— Nossa vida. Acabou, entendeu? A-ca-bou! Sabe essa coisa que você agora anda perguntando pra toda gente, até pra faxineira? Ela não entendeu nada! Esse tal de sentido de vida, você vasculhando a vida de todo mundo... Pois eu também me perguntei qual é o sentido da minha vida, desta droga de vida que a gente leva junto. E sabe que mais?

Do que ela estaria falando? Ousou perguntar o quê, porque estava assim, o que tinha acontecido? Eles eram amigos, sexo perfeito, o que estava faltando?

— Casamento. Filhos. — A voz ainda era firme, decidida. Tinha suavizado um pouco, mas estava distante, fria. — É isso que está me faltando, ele tentou argumentar, mas não era do seu feitio lutar pelas coisas. Ou caiam no colo, como a herança da tia, ou passava por elas mansamente resignado.

— Agora eu sei qual é o sentido da minha vida, o que é que eu quero pra minha vida! E com certeza você não está nela. Oito anos perdidos! E pode levar de volta essa porcaria! —apontava o presente.

Durante algum tempo ele ouviu, tentava interromper a inusitada fúria dela. Mecanicamente obedeceu, pegou as flores. Fechou a porta, desceu as escadas. No carro, colocou-as ainda frescas no banco da frente. Desarvorado, começou a volta para casa.

Sábado? Ali sozinho... O que fazer das rosas?

A moça de vermelho percebeu que ele encostava lentamente na calçada e sorria para ela. O corpo lânguido se fez sedutor, ela debruçou o enorme decote na janela do carro:

— Oi, gato! Meu nome? É Rosa. São cinquenta. Topas? — Juntava os lábios carnudos.

Era estranha a coincidência do nome, ele pensou, e respondeu com a pergunta dezenas de vezes pronunciada: qual era o sentido da vida para ela? Facilitou o entendimento: o que era mais importante para ela?

A resposta veio numa gargalhada escrachada:

— Você é maluco, moço? O que é mais importante pra mim? Que você me pague o dobro do que eu te pedi. Pois ele pagaria. Tirou do bolso duas notas gordas e estendeu a mão em direção dela. As flores foram junto. Que ela pegasse. Sorriu com meiguice, eram rosas do dia para aquela linda rosa vermelha da noite.... Ela, atônita, segurou tudo, esperando que ele abrisse a porta.

Mas ele deu partida no carro e, bem devagar, retomou a subida de volta para casa. Viu, pelo retrovisor, quando ela colocou o dinheiro no decote, entre os seios, caminhou alguns passos gesticulando para ele e então, às gargalhadas, atirou o ramo de flores no meio do asfalto.

Lá no alto ele virou à direita, como sempre, sem nenhuma pressa. Um novo zero se propunha como recomeço.

Era uma noite maravilhosa

Fazia muito calor, mas o vento que soprava do mar enxugava o suor de seu peito arquejante. Ele tinha vindo a pé, em passos lentos, desde a Ponta da Praia.

A solidão mais uma vez doía fundo. Duvidava se era novamente o coração traindo sua vontade de viver para tentar recuperar alguma coisa da felicidade passada ou se era a dor da saudade, sua velha amiga. Tinha descido no escuro os dez andares do prédio. O apartamento, pequeno, sem refrigeração, sufocava. Mais um apagão, até quando, até quando... Desde a morte da mulher, sentia-se cada vez mais atordoado. Lucimara tinha partido em uma noite maravilhosa como aquela.

Aliviado, sentou-se na ponta de um banco a beira-mar, sentindo agora o cheiro da maresia dentro da brisa fresca. Um exagero os quilômetros que conseguira andar até ali. A voz de Laura ecoava forte em sua cabeça: "Que loucura, pai, você sabe o que o doutor falou dessas suas andanças malucas. Quer ter outro ataque?"

Não. Não queria. Mas ficar remoendo a dor das ausências no pequeno quarto escuro e embolorado, na cama cheirando a mofo, teria sido pior, justificava-se.

Pedro tinha se formado em mecatrônica, que raio era aquilo não conseguira entender. Há dez anos, desde a morte da mãe, morava na Austrália, mandava de vez em quando um postal das cidades que visitava no Oriente. "Por causa da tese, pai, um dia eu volto." Mas não voltava.

Fernanda cuidava de índios no interior do Pará. Ou seria do Amazonas? Viajava tanto de aldeia em aldeia, navegando em barcos pelos rios e igarapés, vacinando crianças das populações ribeirinhas, que não tinha mais tempo para ele.

"Quem vai ficar com o pai?" perguntara repentinamente antes de viajar atrás de seus desejos de solidariedade humana. "Ninguém", ele tinha interrompido irritado. "Não preciso de babá, fico muito bem com minhas lembranças. Me mudo pra Santos. Lá tem mar, praia, um bom lugar pra gente velha viver."

Naquele dia, ele ouviu-a dizer para a irmã, ainda preocupada com tantas partidas: "Ele agora está bem, Laura. A onça brava virou um gatinho manso, o infarto até que foi bom, deixou ele mais tranquilinho"...

A onça brava, ele, sempre tão preocupado com os filhos, tinha sido severo, sim, a duras penas. Era preciso endurecer, não dar vida mansa, mesmo contra sua natureza tímida. Eles acreditavam...

— Afinal, tu me ama ou não? — ouviu alguém dizer a seu lado, cortando seus devaneios. Fechou os olhos, fingiu que dormia. Procurou discretamente a dona da voz: mulata, cabeleira encaracolada, lábios grossos, seios enormes, cintura fina. Sentada, enroscava as pernas no companheiro velhote, cabelos grisalhos. O casal se acariciava muito à vontade, como se ele, companheiro de banco, não existisse. A camisa branca do homem, bem passada, iluminava seu rosto queimado de sol. Típico frequentador do calçadão.

— Claro que eu te amo, bichinha, — ele infantilizava a voz, fazia bico — você é a luz que me ilumina, meu docinho, você é um anjo que caiu do céu em minha vida... Claro que eu te amo...

Em suas lembranças, a voz de Lucimara chegou suave:

— Afinal, você me ama de verdade, Vado? — a voz dela vinha baixinho,o rosto emergia dos lençóis, magro, pálido.

— Claro que te amo.
— Então diz.
— Diz o quê?
— Que você me ama. Que sempre me amou.
— Outra vez, Lu? — ele fingia impaciência.
— Outra vez. Tem que dizer todos os dias senão eu esqueço. Diz...
— Eu te amo. E chega. — a dor da perda anunciada era quase insuportável.
— Não chega, não. Faz dez dias que você não me diz...

— Te amo, Lu, dez vezes dez. Tá bom assim?
— Tá bom, amor. — A voz dela agora era um sussurro. Ele se debruçava na cama para ouvir, quase tocava seus lábios ressecados pela doença.
— Você é mesmo maluca, mulher, depois de trinta anos? — ele tentava brincar. — Já fez a conta quantas vezes já te disse que eu te amo?
— Pois eu te amo trinta vezes mais, meu amor...
Lucimara fechou os olhos, cansada. Ele tentava conter as lágrimas escorrendo mansas, quentes, à revelia. Deixou o quarto; no corredor quase vazio do hospital, assoava-se para fingir.

Ali no banco, a voz da mulata, grave, sensual, chamou-o de volta:
— Se tu me ama, então me prova, me dá aquele anel que eu gostei. Tô sonhando com ele desde o outro dia. Me dá, benzinho, me prova que tu me ama de verdade.

Mais uma vez a voz de Lucimara também chegava nítida: "Me dá, amor, aquela TV que você prometeu, a nossa tá tão velhinha..."

Não dera. O dinheiro era curto. O pouco que entrava saia em comida, escolas, livros, farmácia, impostos, condução... Os filhos, estudiosos, cresceram brilhantes, entraram em universidades públicas, seu orgulho.

Tinham se conhecido em uma noite também como aquela, uma dessas noites maravilhosas, mágicas, que só acontecem quando se é jovem.
— Me chamo Lucimara, e você?
— Osvaldo. Mas todo mundo me chama de Vado.
— O que você faz?
— Sou maquinista, de trens.
— E você gosta?
— Gosto. — não conseguia dar respostas longas.
— E é bom?
— Bom porque fico sozinho.
— Sem ninguém?

Inventário das sobras

— Só um ajudante que também não gosta de falar.
— Você não gosta de falar?
— Não muito.
— Pois eu adoro. Falo até sozinha. Falo com meu cachorro, falo com as paredes, com as árvores, com as vizinhas, até com os bebezinhos do berçário.
— Do berçário, por quê?
— Porque sou enfermeira de berçário. Mas quando eu me casar, não quero mais trabalhar, quero só cuidar dos meus bebês, quero só falar com eles. — Ah! Minha querida, nossos bebês, Laura, Pedro, Fernanda, onde foram parar nossos bebês? Tão longe, tão longe todos, depois que você se foi...

Ouviu o homem respirando ruidosamente a seu lado. Percebeu que ele agora tinha enfiado a mão por baixo da blusa da companheira, acariciava o seio dela, podia ver o movimento pelo decote, os dedos dele massageando a carne morena da moça.

Beijavam-se com volúpia, tesão, lábios, línguas, tudo se contorcia na loucura das preliminares.

— Vamos embora, o homem ordenou, a voz tinha ficado rouca.
— Mas você me dá o anel, tá bom?
— Amanhã. Agora te dou outra coisa. — murmurava num tom safado enquanto comia os lábios dela.

Levantaram-se sempre agarrados, em nenhum momento olharam para ele, ali no mesmo banco. Enrolado em lembranças, o passado chegava em vozes indo e vindo misturando-se desarticuladas.

Sentiu que a respiração tinha ficado curta, ofegante. Paralisado, não conseguia falar nem fazer nenhum gesto. O suor empapava a camiseta, a voz de Lucimara chegou nítida, doce: "Você me ama, Vado?"

Ele abriu as pálpebras, pesadas, era só o que conseguia mover. Viu o casal se afastando, por algum tempo pode segui-los com o olhar, até os dois desaparecerem. Depois, tudo escureceu.

O colar

— Quer um pedaço de bolo, meu bem? — Heloisa falava sem tirar os olhos da revista. Afundada em almofadas, balançava-se na rede, bem devagarzinho.
— Qual você fez? ele perguntou automaticamente.
— Aquele de frutas que você gosta.
— Daqui a pouco — respondeu, escondendo o olhar distante atrás do livro aberto que fingia ler. De vez em quando olhava para a mulher. Companheira, sempre solícita, batalhadora, tinha sido apoio, refúgio, estímulo, tudo que ele precisou quando sofreram a falência da empresa com que tanto ele tinha sonhado. Ainda amava seu jeito carinhoso e maternal. — Daqui a pouco, ainda não estou com fome, emendou vagamente.

Ela ofereceu o bolo, mas ficou agradecida por ele ter recusado, preguiça de se levantar. Sentia-se tão bem ali... Tinha chovido quase todo o dia. O fim de tarde, de repente, se iluminou com o Sol aparecendo forte. As nuvens, rapidamente, se afastavam em direção do leste.

— Você nunca tira esse colar, não é, Helô?
— Nossa! Há tantos anos... que pergunta! Só agora você viu? — ela acariciou as perolas, pensativa. — Eu morri de paixão quando você chegou com ele... Lembra quando você me deu?
— Claro! — ele desconversou: — Acho que amanhã o tempo vai melhorar. Marina disse que vai trazer o Tiago pra conhecer a casa e vai ser muito melhor se não estiver chovendo.

A fala vazia preenchendo a ausência de assunto. Após mais de trinta anos, tudo já tinha sido conversado. Conheciam-se tão bem, podiam se comunicar em código cifrado. Sem surpresas, sem mistérios, sem encantamento, a vida deslizava suave, uma certa monotonia mofando a relação.

Talvez por isso, ele tinha percebido tão agudamente, naquele dia, como eram verdes os olhos enormes de Fernanda. Cumprimentou secamente as meninas da recepção e subiu um pouco inquieto para sua sala, com a sensação estranha de que alguma coisa tinha se alterado dentro dele.

Durante alguns dias, entrou mais devagar, procurando confirmar aquela primeira impressão. Sim, o olhar dela seguia seus passos, falava.

— Quantos funcionários novos você contratou este mês? — questionou o chefe de pessoal. — É, fez bem. A recepção estava mesmo precisando...

Desligou. Ela se chamava Fernanda, fazia jornalismo à noite. Aceitou o cargo porque lhe convinha sair mais cedo.

Culpado, começou a antecipar também sua saída.

— Já chegou, Edu? — Heloisa admirou-se. — Bom, porque hoje é o jantar do tio Fabrício.

Era sempre assim. A cada dia algo para fazerem. Um banho demorado, vestir-se e falar banalidades com pessoas banais, desinteressantes, sempre arquitetando a possibilidade de negociar com sua empresa, agora fortíssima. Um esforço permanente para não ser apanhado por aquelas armadilhas disfarçadas nos pêlos dos grossos carpetes. Voltava cansado, sonhando com os lençóis macios, seu travesseiro cheirando a alfazema. A mulher, amiga, agasalhava suas costas protegendo seus medos.

A casa da represa era o refúgio, nenhum convidado desconhecido, só os eleitos, só os que vinham sem pedir nada. Só os que lhe permitiam, sem cobranças, que cochilasse na rede no meio das conversas familiares. Ali tudo deslizava docemente.

De repente, aqueles olhos verdes há mais de uma semana revolucionando seu cotidiano. Ontem, afinal, ele tinha descido à garagem, na hora costumeira de voltar para casa. Abaixada ao lado do carro dele, Fernanda levantou-se sem graça:

— Desculpe, Doutor Eduardo, — os lábios, que ele ainda não tinha notado, se juntavam ao pronunciar seu nome, Eduardo, — eu estava procurando as pérolas do meu colar... — Falava com alguma tristeza na voz. — Era só bijuteria, mas foi presente de minha avó quando passei no vestibular.

Ele balbuciou algumas palavras desconexas e se abaixou perturbado.

— Eu ajudo, — disse, enquanto tateava o chão em baixo do carro.

— É que eu tenho uma prova importante hoje e não posso chegar atrasada, Doutor. Vou perder o ônibus das seis... — choramingava aflita.

— Deixe tudo aí, menina, eu te levo. Onde fica sua escola?

— Sabia que podia chamar um táxi e prestar o serviço. Fingiu não ouvir o próprio argumento. Levou-a quase em silêncio, um pouco tímido pela falta de hábito: nunca tinha saído com outra mulher.

Heloisa assustou-se com seu tom apaixonado quando ele chegou em casa e a maneira como a beijou, como a levou quase arrastada para a cama, antes mesmo do jantar.

— Hoje não saímos, meu bem, por nada no mundo. E amanhã bem cedinho vamos para a represa. Tenho mil coisas para resolver por lá.

Agora, ali, dormitava na rede fingindo ler, os olhos provocativos de Fernanda, verdes como a água do lago a sua frente, navegavam desgovernados em sua imaginação. Sentia-se desconfortavelmente culpado e inseguro.

Heloisa observava de longe: sabia tudo sobre o marido. Mas aquele sorriso e a expressão sonhadora, indefinida, balançavam também as suas certezas. Um pouco apreensiva, levantou-se para ir buscar o bolo.

— Alô! Fernanda? E aí? Conta, menina: funcionou?

— Valeu, amiga, vai rolar. Segunda-feira ele vai me dar um colar novo. De pérolas verdadeiras, ele disse. Você é demais, diabólica, fico te devendo essa...

Lua crescente

Arregaçou a saia e se acocorou no chão de terra batida, ao lado da porta da cozinha. Gostava de ficar olhando o Sol baixando pra lá do milharal, a estrada desafiando sonhos, o céu pintado de nuvens e manchas coloridas, uma lindeza! Hoje, não. Sentia um galope de cavalhada dentro do peito, não queria ver: forçava o pensamento a se perder no nada, no vazio das coisas. Um oco no coração.

As crianças giravam em roda:

— A canoa virou, por deixá ela virar... — Suspirou. Ela devia ter nascido galinha, burra, sem miolo pra pensar, tanta pergunta sem resposta. Se tivesse ido pra escola, ia saber como, mas o pai achava que lugar de mulher é no fogão, no tanque — e na cama, pra fazer filho, braço pro plantio.

Tanta palavra bonita entrava pelos ouvidos, não pelas letras, que disso não sabia nada. Era analfabeta de leitura, não de idéias. Gostava de pensar no porquê de cada coisa: ela, por exemplo, era Luzia. Luz-zia.

— Meu nome é Luz. O Dito é Benedito, igual o santo da capela, aquele que é negrinho igual o pai dele. Só que de santo ele não tem nada. Agora, esse Raimundo, Rai-mundo, Raí, não sei não o que que é, deve de ser raio, mas mundo é mundo. Ele disse que vai pra todo lugar do mundo... acho que é por isso que ele se chama Raimundo...

Fazia mais uma vez o inventário de suas tristezas, miados de gato sem dono. Tinha se casado tão menina!

— Compadre, seu filho embuchou minha Luzinha, agora nós tem que fazer o casório.

O casório se fez, logo o Betinho nasceu, forte e rijo. Depois vieram duas meninas, muito alvas, cabelo vermelho, magrelinhas, mas espertas. Outro menino, meio abestado esse. E agora o neném. Por que tanto filho, meu Deus, tinha só vinte anos, difícil segurar o Dito, toda noite se achegando nela. Só esperava passar o resguardo, o padre dizia que era pecado misturar desejo de homem com quarentena de mulher parida. — Mas ele, nadica de ouvi o seo Vigário...

Tentava em vão não pensar na figura do moço, há três semanas hóspede da casa. Ele tinha chegado em noite de lua cheia, tudo alumiado de luar lá fora, chamou:

— Ó de casa! Com licença, vim trazer seu Benedito, é aqui que ele mora, não?

De novo o Dito tinha passado da conta, caído na estrada, bêbado, o moço atravessou o corpo desfalecido na sela do cavalo, veio a passo na sua montaria, puxando a do outro. Tinham tomado um trago juntos, o Dito tinha saído primeiro. Explicava detalhes enquanto ajudava a mulher a colocar o marido na cama.

Luzia ofereceu a sopa ainda quente no canto do fogão.

— Fogão de lenha? — ele se encantou. — Fica mais gostoso!

Aceitou, deliciou-se, fez elogios ao sabor, à limpeza da casa, à sua gentileza. O olhar dele e o sorriso iluminado pelo brilho dos dentes claros no rosto queimado de sol acendiam dentro dela alguma coisa diferente, desconhecida: um calor estranho nas partes, os bicos do seio doendo intumescidos. Não sabia dar nomes, mas sentia. Ele tentou um gesto para tocar sua mão paralisada no canto da mesa. Fugiu com os olhos, percebeu os dele, claros, insistindo, rapidamente fechou a mão escapando do agrado. Falava pouco, apenas ofereceu-lhe uma cama para passar a noite. Obrigação.

Na manhã seguinte, foi o Dito, já refeito, quem convidou o moço para ficar um tempo, antes de seguir viagem. Ele procurou confirmação nos olhos ansiosos dela. Ficou.

— É Raimundo seu nome, não é? O avô da Luzinha também era, se alembra, mulher?

— Acho que é do nome, ela se lembrava, o avô também era do mundo, nunca mais ninguém soube dele...

Agora ali, acocorada, olhava o céu tão grande a se perder de vista — o que será que existe pra lá das montanhas?... Como será esse mundo para onde ele vai, esse mundo que ela não conhece? Estava cansada demais da conta daquela vida sempre igual, o Dito gemendo alto de novo. Todas as noites, no escuro, era grosseiramente agarrada pelos braços fortes dele, mas agora ela fechava os olhos, pensava naquele sorriso iluminado pelo brilho dos dentes brancos, entregava-se, beijava com êxtase os lábios grossos do marido, mas era o outro, não ele, quem a possuía.

Ela tinha passado a amanhecer de olhos baixos, evitava o moço, sabia que do outro lado das tábuas finas e baixas da parede ele acompanhava o acontecido.

Há três dias, enfim, tomou coragem: esperou a noite cair, cumpriu sua obrigação de mulher. Quando o Dito adormeceu, exausto de cobrir aquela fêmea no cio, uivos de loba, ela escorregou da cama e foi se enroscar nos pêlos do outro, ofegante à espera.

Os corpos fundidos, delírio de asas dentro do peito, respiravam juntos, pulsavam unidos no mesmo ritmo. Há três dias, apenas, as pernas se enlaçavam, criavam uma coreografia enlouquecida, escondiam-se no silêncio daquela dança contida, sem musica audível, amor bandido e inadiável.

Agora ali, no final da tarde, sexo em fogaréu, o olhar deslizou bem devagar acariciando gentes, bichos, coisas, os meninos brincando, a vaca, o bezerro, o cão, o ipê roxo florido, o céu, o córrego de água tão limpa que era de beber, o milharal... Pela última vez...

Naquela noite, pela última vez amamentou a criança, beijou os filhos, serviu ao marido. A casa dormia, toda a natureza dormia. Ainda era madrugada quando montou, decidida, abraçou firme a cintura do moço. Silenciosamente ele fez o cavalo se afastar, em passos lentos. Ela não olhou para trás. Percebeu quando a lua crescente saiu das nuvens: peito aberto tentava, mas não conseguia ver as montanhas escondidas na noite escura.

O catavento

Fechou a porta lentamente. Como tudo, aliás, que fazia. Na mochila, leve, duas camisas, a sandália havaiana, a escova de dentes, uma calça, um short, um par de meias, uma cueca. O pulôver, levava sobre os ombros. Na cabeça, o boné holandês, gasto, comprado na Grécia, presente dela. Ou seria grego, comprado na Holanda? Na pequena bolsa, a tiracolo, dois livros, papéis rabiscados, uma caneta, nenhuma foto. Jamais carregava o Passado. Procurava desvencilhar-se até mesmo das memórias. Quanto mais vazio o arquivo, melhor: mais livre para viver o hoje, o amanhã.

Não olhou para trás ao afastar-se. Júnia dormia ainda quando ele deslizou para fora do colchão. Domingo de Páscoa, transparente, dia claro na cidade sonolenta e silenciosa. Caminhou sem pressa rua abaixo.

Cantigas desafiadoras vinham do Leste: o barulho do mar, praias brancas, areia fina rangendo sob os passos, corpos jovens, oleados, escorregadios, promessas brilhando ao Sol. Cheiro de mar, camarão frito, sexo molhado, sensações saborosas de pecado.

Do Norte, o apelo das montanhas, azuis, solenes, silenciosas, à espera da sua solidão. Desde a viagem que tinham feito juntos, as montanhas, essas, marcaram e pediam sua volta. Naquele junho incrivelmente gelado, tinham ficado horas no banco do hotel contando estrelas. E no outro dia, no fim da tarde, sentados nos degraus da escadaria da praça colonial, ouviam o menino paraguaio, poncho de arco-íris, cabelos pretos encaracolados, soprando suavemente na sua flauta de Pã algumas notas com cara de Chopin. Ele, um pouco mais acima, o olhar perdido na massa azul da serra que se desdobrava em camadas no horizonte, de onde estava sentia o perfume de rosas que Júnia sempre usava.

— Que cheiro bom está aqui, mais uma vez dizia quem chegava. De quem é?

Júnia sorria, sem responder, feliz, misteriosa, evanescente, gostava de ouvir. À sua volta tudo fluía como naquele momento, tudo deslizava mansamente.

Perfeito tinha sido aquele instante. Perfeito demais. A Natureza toda, parecia, prestava homenagens à sua deusa, sempre sem erros, descida por engano ao mundo dos mortais. O mundo dele...

Enquanto caminhava, revia cada fragmento de vida com total nitidez. Sem mágoa. Esvaziado. Agora, enfim livre, saboreava o momento, arrastava-se rua abaixo. Agora tinha que ir, disso sabia. Não vagamente. Determinadamente sabia. A estagnação do ficar, ancorado nos braços de Júnia e daquela felicidade, impossível tolerar. Tocou o dente com a ponta da língua, lá no fundo da boca. Uma leve pressão trouxe a certeza: havia uma dor lá, se quisesse, a seu dispor. Só ir buscá-la. Suavemente, um toque apenas. Sentia prazer naquela pequena fisgada, no limite mesmo do orgasmo. O bolor da vida conjugal, perfeita, ele amado, desejado, tudo limpo, transparente, disponível, nenhum deslize, nenhuma insensatez. Impossível tolerar o tédio daquele cotidiano rosa—desbotado. Enfim aquela dor, alguma coisa diferente, estimulante, apontava caminhos.

No ponto de ônibus, percebeu um corpo sobre o banco, talvez magro, sem idade, sem sexo, embrulhado em jornais, indiferente ao Sol da manhã que nascia, encolhido, imóvel. Só o que se via eram os longos cabelos emaranhados sobre os olhos. Estariam fechados?

Com muita ternura, irmanado, solidário, demorou-se nele. Pensou nos seus próprios olhos. Fechados também? Deu de ombros, apenas intenção, num gesto de sombra, sem mexer os ombros. O que ele mesmo ainda era capaz de ver, sentir, desejar? O que era real, efetivamente, em sua vida? Amassou com mais firmeza a dor, o dente. Na ponta da língua, a certeza: isto é real.

Um ônibus avermelhou à sua direita. Propunha-se para outra direção. Atravessou a rua devagar e fez sinal. Não olhou para o corpo, que não se moveu quando ele passou. Nas montanhas azuis poderia, talvez, reencontrar o caminho das pedras para o abismo verdadeiro de si mesmo. Subiu desapressado, sentou-se solitário no ônibus àquela hora quase vazio. Atirou um olhar vago para o monte de jornais. Tinham escorregado para baixo do banco, esparramados por algum vento imaginário. Sem estranheza, percebeu nada além das folhas desordenadas, nenhum vestígio do conteúdo. "Quanto de mim já está morto também? O que vejo é?"

Sentou-se ereto, determinado a recomeçar a travessia em busca de seu catavento perdido. As montanhas, lá, à espera do seu renascimento... Ou seria o mar, naquela direção?

Prelúdios

Antes de tudo, Júnia ligou o som. Não sabia por que a escolha dos Prelúdios e Noturnos naquele quase muçulmano ritual de preparação. Nem por que impulsivamente tinha desfolhado, sobre a água bem quente que encheu sua banheira, todas as rosas vermelhas que os alunos lhe deram no final da viagem. Também esparramou sal grosso para aliviar o cansaço bem mais antigo que o de ontem. E um óleo perfumado para amaciar a pele queimada do Sol das montanhas e os lábios e os seios, os pêlos e cabelos, que ele vai tocar e acariciar daqui a pouco. Vai?

A música de um pianista que ela nunca tinha ouvido invade o banheiro, ressoa mansa e envolvente entre os azulejos. Abençoado esse desconhecido que lhe devolve um pouco de paz... Deliciadamente afunda no leito de vida, devagarzinho mergulha a cabeça para sentir a água quentíssima entrando em suas orelhas para lavar a mágoa por aquela tão longa ausência sem vestígios.

— Sabe? Escorreguei lá na montanha, no limo das pedras, enquanto procurava por nossas memórias, escondidas em cada fissura rasa ou funda do granito. Foi uma gargalhada incontrolável da meninada, adolescência irreverente é esta hoje, eles não me permitem errar... Você, meu menino grande, também não me permitiu errar, partiu naquele domingo de Páscoa, transparente, quando acordei, você já não estava, partiu sem risos nem lágrimas, sem malas, fechou portas, janelas, as nossas incertezas, fechou os nossos ferimentos mútuos, as nossas tantas doçuras, você partiu assim vazio, vazia fiquei neste cais de solidão, à espera, perscrutando nos horizontes este Nada, Nada profundo, que nada preenche...

Por isso lá tinha ido com os jovens, recitando versos, mas secretamente procurando, o tempo todo, ouvir se a voz dele ecoava ainda no alto das montanhas azuis, solenes, silenciosas, ou no som das corredeiras, nos campos ressecados, na escadaria de pedra onde ouviram aquela flauta paraguaia... O que, mesmo, o menino paraguaio tocava? Ou no calor do fogo aceso à noite, entre mantas, cantorias e violões, piadas e pinhões cozidos na lareira. Mas ele não estava. Fisicamente não estava.

— Você viajou comigo, sim, na minha pele, nos meus olhos, reviu por eles nossas paisagens amadas, o banco do hotel onde ficamos contando estrelas, lembra? Naquele junho incrivelmente gelado...

Que paisagens ele estaria vendo agora, neste preciso momento em que ela mergulha para o perigoso encontro com seu corpo tão carente? As montanhas de Marte? As planícies da Lua? Ou os abismos de sua pobre metafísica paralisante?

As ruas sempre cheias estavam mortas sem a presença dele, Júnia tentou achar, entre as folhas caídas dos plátanos, o caminho das pedras para um reencontro, mas o vento morno apagava as velas, ficava tudo escuro e ela, ausente de si, nada encontrou.

Os meninos, pacientes, compreensivos e solidários com sua cara de gato triste, cantavam, dançavam, gargalhavam sem limites, ela os deixou quebrar regras, ela que sempre obedeceu as regras... talvez por isso o amado tinha partido.

Esta saudade imensa atrofiando cérebro, destruindo as mais ricas idéias, doendo, doendo, insuportavelmente empobrecendo suas produções com imbecilidades incontroláveis, por que um amor tão grande só é eterno enquanto dura?...

— Este amor que eu sempre sentirei por você, passaporte para a outra margem quando chegar a hora da travessia, tenho certeza, irá comigo, real, verdadeiro, poderoso, a me ensinar a rota para a plenitude da iluminação... ou do vazio total, quem é que sabe? E o seu amor por mim? Suas angústias, sua sensação de sufocamento, conseguiram esmagar o que era sólido nele? Quando, mesmo, deixei de ser a mulher "evanescente" como você me chamava no começo?

Ali, no útero quentinho da banheira, Júnia se encolhe e se distende enquanto revê as lembranças mágicas de tudo que viveram. As mãos ensaboadas procuram agora lentamente: ela se acaricia, abre-se para a espera das mãos dele, ternas, sábias — mãos que já não lhe pertencem. Fecha os olhos e Chopin e o pianista anônimo deitam-se a seu lado, à revelia cúmplices, a um tempo nostalgia e luminosa esperança.

Asa delta

Vinte e um de abril, manhã de Sol e céu azul. "Estrada do Mirante", dizia a placa recém-inaugurada pelo novo prefeito. Parado ao pé da subida, Antônio sorriu. Tinha crescido embrulhado com os filhos dele. Em ondas, vinham as lembranças das lutas de judô em que rolavam sobre o tatame do Clube Recreativo, do cigarro escondido atrás do muro do cemitério ou das noites frias de férias na fazenda, embaixo dos cobertores, comendo pipoca e ouvindo, maravilhados, as histórias que a babá contava... E depois, das delícias da Marli, a prima roliça, branca e farta. Bem mais velha, gostava de exibir-se nua diante do buraco da fechadura onde sabia que eles se acotovelavam gemendo, enquanto as mãos subiam e desciam frenéticas até o prazer irromper viscoso e puro.

Tinha sido tudo tão leve em sua vida, tão perfeito. A escola, o casamento, os filhos, tudo ordenado, correto, saudável. E morno.

De repente, Gábi. Pensou enternecido em seus olhos grandes e profundos, sorriso aberto, leal, sem cartas nas mangas, jogando limpo com a vida, apesar (ou por causa?) deste amor que tinham sabido maduro e eterno desde o primeiro momento. Um reencontro, talvez...

Gábi tinha chegado à cidade para construírem juntos a nova sede do Banco. O encontro foi profissional. As mãos se tocaram por acaso sobre a prancheta quando procuravam desenrolar o projeto e fixá-lo nas bordas. Um toque suave, macio. Vibrações de magnetismo imediatamente circularam entre ambos. As mãos de Gábi, fortes, iriam ser a cada dia mais delicadas, mais envolventes... A metáfora, invisível ainda, ali sobre a mesa: juntos desenrolavam, sem saber, um novo projeto de vida. Por dois anos, via-cérebro primeiro, como era de seus feitos, sem paixões avassaladoras cegando o racional.

Lentamente começou a subida para o Mirante. Tudo resolvido, já não tinha pressa. À direita, a casa de Joana. Tentou não olhar, mas ela, embora cedo, já estava no tanque:
— Bom dia, Toninho, pra onde vai tão cedo? A voz rouca chamou-o com ternura.
— Bom dia, Jô, apressou-se a responder. Não se sentiu muito confortável, embora não houvesse cobrança na pergunta. Joana nunca iria entender.
— Desculpe Toninho, hoje é feriado, ela emendou, sei que você está descansando... Sem querer abusar, entre um pouco pra ver como o puxadinho ficou bom.
— Claro. Vamos lá. Agradecia por ela ter lhe poupado a explicação. Sem alternativa, entrou. Não haveria atraso. Era cedo, mesmo. Ou seria tarde para fazer o que já devia ter feito muito e muito tempo antes? Só agora sabia. E iria até onde fosse necessário para provar sua decisão.
— É, Jô, ficou bom mesmo. Lá no canto não ia ser prático, não acha? Ela achava, encantada:
— Ficou mesmo muito bom, Toninho. Ao lado da cozinha, só uns passos e pronto. Dia de chuva é uma beleza. Toma um cafezinho? Acabei de fazer...
Não quis o café, agradeceu, deu-lhe um abraço demorado, o último certamente.
— Ah! Antônio, falava lentamente... Você sempre o mesmo... virou gente grande, ficou doutor, mas nunca vou esquecer as mil vezes que fez xixi no meu colo... Ele riu, sem graça.
Joana alongava-se nas falas e no carinho, a cabeça encostada no peito do seu menino, os braços dele rodeando os ombros queridos. Por instinto maternal, ela sabia que aquele era um abraço diferente.
— Se cuida bem, Toninho. Vai, meu filho... Vai à sua vida.
Já no portão ele se virou, um beijo na ponta dos dedos. Viu que ela enxugava os olhos na barra do avental. Por causa das lembranças ou da despedida?

Retomou a subida sem pressa, ainda era cedo. Abençoava agora as curvas, imprescindíveis para o mistério, para a riqueza das descobertas. Queria dizer adeus a cada pedra à margem da estrada.

—Já não haverá pedras no meu caminho. Sei para onde vou, sei o que quero.

Parou para olhar ainda uma vez o casario que agora começava a aparecer em baixo. As telhas novas e brancas de Joana se destacavam entre as antigas de cimento encardido. Joana querida... Dava para vê-la pendurando lençóis no varal, certamente cantando seus hinos de igreja. As noites de pesadelo, aquela horrível sensação de voar, voar, e de repente despencar vertiginosamente no abismo. Acordava suando e corria para o colo dela, sempre aberto para abrigar seus medos. Para a mãe não adiantava apelar:

— Deixa o menino chorar, senão não vira homem, dizia o pai.

Jô querida... No calor de seus braços ele se aquietava, a mãe dormia desobrigada e a vida continuava mansa...

A vida continua mansa. Até isto foi decisão mansa. Sem atropelos. Não houve pressa. Tinham-se dado dois anos para pensar melhor. Pensar bem. Decidir sem retorno, sem culpa, tudo resolvido racionalmente, emocionalmente, juridicamente, até.

A cidade tinha crescido, mas ainda era uma grande família. Podia nomear cada teto, quem vivia embaixo de cada um deles. Quem saía, quem ficava, quem ia à missa, quem ia ao futebol, ao clube, à lanchonete, quem passaria o fim de semana na capital, quem beijaria quem, quem iria para a fazenda, quem irá morrer ainda hoje, quem irá consolar Valquíria quando amanhã ela encontrar a carta.

Ela já sabia parte dos fatos, não todos. Era objetiva, racional, sempre controlava brilhantemente suas emoções, compreensiva. Tinha aceitado a separação com dor contida, superior. Entendeu os argumentos dele. O mais doído, irrefutável, sem dúvida, aquele "Encontrei a pessoa certa para mim". Ela, que tinha sido a amiga, a pessoa certa até então, a mãe que sempre sonhara para seus filhos. Até onde amiga e compreensiva para aceitar agora? A carta detalhava suas certezas e determinação. Não pedia desculpas. Sua vida inteira tinha sido um grande equívoco. Valquíria era parte, peça do jogo que nunca tinham conseguido jogar até o fim porque incompleto. Só agora, depois da chegada de Gábi, sua vida fazia sentido.

Mais uma curva e, lá embaixo, o telhado enorme da Tia Lucinha, viúva há dez anos do Tio Dedé, o Coronel Dedé, como era conhecido. Sem filhos, sem graça, sem amigos, um licor de anis que ela mesma fazia para as poucas visitas que se lembravam dela, cultivava sua timidez com mansidão na velha casa colonial. Ele se lembrava bem do Tio Dedé na cadeira de balanço, imenso, sempre espalhafatoso e receptivo:

— Vem cá, Toninho, vem aqui com o Tio Dedé.

Sobre as pernas gordas molemente abertas, aninhava-se confiante, as mãos enormes do tio subindo e descendo suaves por suas coxas de menino, uma fome de pai ali saciada.

— Bota o meu filho no chão, mano, nada de agradinhos. Homem precisa é de linha dura.

Tio Dedé ria sem atender, e ele continuava calado no colo macio, se arrepiando com o movimento das mãos fortes, másculas, subindo leves, descendo com pressão mais forte como alisando pêlos que ainda não tinham nascido.

O caminho agora era mais íngreme. Algumas casas já iam comendo a vegetação, antes cerrada. A capa de asfalto chegava só até ali, os últimos quinhentos metros eram terra e cascalho grosso. A mata fechava-se, preparação cinematográfica para o deslumbramento que se prometia na tabuleta. Mirante, lugar de onde se mira: o Passado, lá embaixo, acenando-lhe adeuses em cada chaminé antiga, hoje sem fumaça, em cada árvore secular plantada pelos avós, barões de café, fundadores de tudo que se via a perder de vista... Gostava de subir ali, mil vezes tinha feito isso, esparramar orgulhoso um olhar de dono.

O mirante abria-se para o céu, para as aves que deslizavam serenas pelas nuvens... Quando menino, costumava ficar lá, deitado em um leito sobre as pedras. Um dia ele também sairia voando. Em sonhos, era o seu aeroporto, dali partiria para alguma coisa que nem ele conseguia definir...

Por isso, a surpresa, quando Gábi lhe propôs o encontro:

— No Mirante, Gábi? Você quer que nosso encontro seja lá?

— Porque não? Acho fantastique o lugar, magique, não é? Temos tantas coisas para acertar... arrastava o sotaque. Antônio achou no mínimo divertida a coincidência. A metáfora, mais uma vez, fazendo sentido.

Agora chegava ao alto. Mais uns passos, só mais uma curva e estariam juntos para o vôo. Para sempre juntos, na certeza daquele amor maduro, eterno, indestrutível, nascido nas tripas da Antiguidade.

Tiros de festim começaram a homenagear o "herói da Inconfidência" e sua luta pela liberdade. As crianças, como em todos os anos, saíam no desfile. Seria ele um fruto tardio desse aprendizado tantas vezes repetido? Ele, que só agora ousava viver a sua alforria?

Subira só, a pé, ao encontro da pessoa amada. Tinha deixado a casa, o carro, a mulher e os filhos, os bens, nem as roupas quis trazer. Apenas umas poucas peças agasalhando sua nudez de corpo e alma. Chegava recém-nascido, a luta vai ser dura, o mundo desabando atrás, tudo a ser feito diante deles. Partiriam como duas crianças esperançosas, dois adolescentes confiantes, dois adultos sábios. Esperança, fé, sabedoria. Sem improvisações, sem medo, sem passado.

Ofegante, as têmporas latejando, parou. Tinha chegado ao topo. Banhado pelo Sol, o peito nu, a barba bem aparada, um pouco grisalha já, a cabeça larga plantada sobre os ombros fortes, Gábi o esperava encostado no capô do carro. Abriu os braços para o acolher.

— Deu certo o projeto? — precisava dizer alguma coisa.

— *Oui*, Antoine. A gente parte em dos semanas. O tom de voz era, como sempre, tranquilo, seguro.

— Enfim. Em duas semanas, repetiu aliviado.

Demoraram se olhando, rostos graves. Depois, ali sozinhos, num abraço muito longo, mais amigos que amantes, selaram seu compromisso, as mãos queridas deslizando em suas costas.

Os foguetes tinham cessado. O sino da igreja, lá em baixo, solenemente começou a dobrar pelo Passado. Para eles, aqui, festejava o Futuro.

Uma asa delta, enfunada, confiante, com todas as cores do arco-íris, dançava nas nuvens, sem se saber, parceira.

Anjo de boca mole

O carro, emprestado do patrão, empacou logo na primeira esquina. O pai desceu, abriu o capô. Saia fumaça de algum lugar. Ele não entendia coisa alguma daquele emaranhado de tubos e fios. A família, apertadíssima no banco de trás, aguardava ordens. Ninguém ousava perguntar "O que foi? O que está acontecendo?" porque ele era grosso, sempre mal-humorado. Especialmente agora, não criar problemas, nada deveria atrapalhar o fato principal do dia: a primeira comunhão de Liliana.

Fazia calor, não dava para abaixar os vidros com o motor desligado. O pai deu a volta em torno do carro, abriu o porta-malas, retirou ferramentas que não sabia como usar, afinal ele entendia era de brochas e tintas, pintor de paredes vinte horas por dia.

O coração de Liliana disparou com força, medo de chegar tarde na igreja e levar bronca. Hoje precisava se guardar pura, a professora tinha dito assim mesmo na aula de catecismo, precisava não ter raiva, não brigar com os irmãos, não desobedecer aos pais, não ser preguiçosa, não pecar contra a castidade.

— O que era castidade não sabia ao certo, mas sabia que não podia pecar contra ela. Agora ali, agoniada com aquela demora inesperada, fazia força para não gritar, não fazer birra, não chorar. Hoje, não. Hoje tinha que ser boa, pura, pois dali a pouco iria receber Jesus Cristo dentro de seu coração. Acho que é por isso que ele está batendo mais forte... Dor de estômago, enjôo, fome, calor ou nervoso?

Um fusca parou ao lado, o motorista desceu para ajudar, ela só percebia parte dos dois homens mexendo qualquer coisa dentro do motor. Com o capô aberto, não via o que estavam fazendo, com as janelas fechadas não ouvia o que diziam. A mãe falava baixinho:

— Paciência, gente, deixa o papai resolver isso, todo mundo quieto, vocês sabem como ele é. Sim, Liliana sabia. Difícil obedecer, difícil ser boa, não ser malcriada, não espernear revoltada quando ele a obrigava a comer mingau de espinafre, chuchu e abobrinha. A comida entrava empurrada pela boca e voltava pelo nariz. Se não engolisse, ele colocava o dobro em seu prato.

Agora ali, sentada no colo da tia no banco de trás, apertada entre os quatro irmãos, derretendo de calor, esperava. A mãe, na frente, disfarçava o gesto de acalmá-los alisando os cabelos de cada um: Paciência, filhos, papai já vai dar um jeito nisso.

O vestido de organdi branco pinicava, tinha ficado apertado, não deu tempo de alargar, Liliana sufocava dentro dele. Mas esforçava-se para domar sua rebeldia, não falar, nem mesmo baixinho, seu palavrão preferido, aquele comprido que só o pai podia dizer em voz alta: Putamedaquiospariu!

Não posso, não posso! Não posso pecar contra a castidade, a professora tinha explicado muito bem:

— Senão, Jesus Cristo não vai poder entrar no coraçãozinho de vocês, os anjos não vão tocar sinos nem cantar seus lindos hinos de glória a Deus, na hora da comunhão. E sabem por quê? — ela olhava para a classe, ninguém sabia. — Porque vão encontrar corações cheios de pecados, de ações e palavras feias...

Liliana trancou os lábios com força, fechou os dedos até sentir as unhas quase ferindo a palma das mãos, espremeu os olhos para não ver, não queria pensar em nada que pudesse estragar a beleza daquele momento tão prometido: o próprio Deus seria comido por ela na hóstia consagrada — não tinha entendido bem o que era consagrada, mas era. Ia ser dali a pouco, por nada queria perder aquele momento tão esperado, só por causa de alguns pecadinhos enchendo o seu coração.

Ouviu o pai fechar o capô. Abriu os olhos assustada com o barulho e viu que ele sorria para o homem do fusca. Mas logo trancou o sorriso e voltou para o carro.

— Puta merda que os pariu, tá um calor dos diabos aqui dentro, ele berrou.

Ninguém ousou concordar. O pai deu a partida, o motor obedeceu, ele abriu os vidros, o ar entrou, enfim. Mas pouco aliviou, o Sol já estava muito quente àquela hora.

Chegaram à igreja com algum atraso, a professora na porta, irritada, agarrou a mão suada de Liliana — só faltava ela — e arrastou-a para seu lugar entre as meninas. Todas de vestido branco, uma vela branca nas mãos, um laçarote de fita branca enrolado em cada vela. Liliana também ganhou a sua, o coração batia na boca, o estômago gritando estou com fome, o suor escorrendo pelo pescoço, o vestido cada vez mais colado no corpo. Tentava se acalmar, nem mesmo pensar no palavrão proibido.

Fechou os olhos suavemente quando a música e os cantos começaram. Estava chegando a hora e ela queria estar preparada. O ritual era longo, ela esperava com paciência, o coração esvaziado de maus pensamentos e palavras más. Sonhava com o que iria acontecer.

A professora organizou a fila, umas mulheres que ela não conhecia acenderam as velas e lentamente as meninas começaram a caminhar para o altar. Liliana, com o rabo dos olhos via o que as colegas faziam, copiava, ajoelhou-se, os olhos agora fixos na figura do enorme Cristo pendurado na cruz, as feridas abertas em todo o corpo, o sangue escorrendo, pobrezinho, nunca tinha visto assim tão de perto.

O padre se aproximava, seu coração estava pronto, sabia que estava. Abriu a boca como tinham ensinado, entregou-se de olhos fechados, sentiu a hóstia sendo colocada em sua língua — não podia morder, como morder o corpo de Jesus? O padre repetia Corpo de Cristo, Corpo de Cristo, então era verdade! De olhos sempre fechados esperou os anjos que viriam carregá-la de volta a seu lugar no banco, tocando sinos e cantando hinos de glória a Deus...

Alguém lhe deu uma cotovelada, bem real, para que andasse. Na boca, um gosto de casquinha de sorvete, então era esse o gosto de

Deus? Teve que voltar andando com suas próprias pernas, os anjos não tinham aparecido, continuavam pregados nas pinturas das paredes.

Sentiu um pingo de cera quente nas costas da mão, para se defender da dor sacudiu o braço e a cera caiu também no vestido. O palavrão veio, não falado, só pensado, pois a bolacha divina ainda estava se desfazendo em sua língua.

Na volta, os pais discutiam no banco da frente, ela, a tia e os irmãos ali apertados, o Sol de meio-dia derretendo tudo e todos, gestos, ânimos e palavras. Liliana carregava ainda a sua vela com o laçarote borrado de cera escorrida. A lembrança do pingo quente voltou, quis se livrar dela; com um começo de raiva, que agora já podia ter, jogou-a junto ao vidro de trás.

Chegaram em casa em silêncio. Só o pai, aos berros, amaldiçoava o carro quebrado, o preço do conserto, o dia de trabalho perdido, o calor infernal:

— Afinal, por nada! Puta que os pariu!!!

Desceram. O irmão pequeno foi quem lembrou:

— Lili, você esqueceu sua vela. — na mão trazia o troféu indesejado, meio amolecido pelo calor, a ponta pendurada, testemunha ocular de suas frustrações...

— Olha, Lili, que engraçado! A vela ficou tortinha...

— Joga no lixo. E não me enche o saco, tá?

Um anjo de boca mole soprou em seu ouvido:

— Amem! — Ela se sentiu perdoada e o palavrão, dessa vez magnífico, encheu sua boca em alto e belo som.

Isabel era toda azul

Luciana escancarou a porta e os olhos: não era possível! Seria Isabel? Mas que coisa! Será que a outra sabia que ela morava ali? Ou era coincidência? Amontoava as perguntas, atônita com a revelação. Não era possível! A Isabel, de pastinha embaixo do braço, na sua porta, oferecendo não conseguia entender o quê?... Não. Não era possível!

Isabel, sorrindo constrangida, estendeu-lhe a mão querendo morrer. Enviesava os lábios ao falar, tentando esconder uma degradante falha de dentes, os dedos desconcertados acariciando o caxemira surrado, sandálias sem salto, algumas pulseiras de matéria plástica.

Sim. Positivamente, era ela. Loira ainda, cabelos mais ralos, num emaranhado ressequido de laquê e sol, mais magra, os olhos mais fundos, as sobrancelhas fininhas, as mesmas. Ah! As sobrancelhas de Isabel!

Como esquecer o dia em que ela e a irmã tinham chegado à escola? Foi um alvoroço, dia de festa, quando as duas brotaram na classe misteriosamente, num mês de abril, as aulas já começadas, panelinhas e namoros já definidos. A diretora abriu a porta e enfiou a cabeça chamando o professor. O professor de Artes, Luciana se lembrava com nitidez: ela, curiosa, tentava registrar. Falavam baixo, ou a agitação da classe não deixava ninguém ouvir o que diziam? A porta aberta inteira, as duas irmãs entraram: Joana, morena, cabelos escorridos, nariz um pouco grande para o rosto magro. Um pouco tímida, também, mas um ar corajoso, alguns livros entre os braços cruzados sobre o peito. Ombros estreitos, meio encurvada, parecia mais velha do que realmente era. Atrás dela, Isabel, cabelos macios ligeiramente ondulados, olhos azul-violeta, transparentes, desafiando. Um ar de mulher sedutora nos seus quinze anos vindos ninguém sabia de onde. Houve primeiro um silêncio deslumbrado, a seguir, cochichos. Os rapazes agitados, alguns se levantaram, assobios, risos excitados. As meninas estarrecidas, vislumbrando por instinto a inimiga. Algumas imediatamente fiscalizaram seus homens, irritadas com a invasão inesperada.

Durante algum tempo, foi uma guerra aberta, a classe inteira dividida. Joana, maternal, pedia cadernos para copiar em casa. Isabel, moderna e pálida Capitu, apenas circulava olhos dissimulados sobre as cabeças, alienada, translúcida, superior, sorrindo misteriosa para os meninos acotovelados à sua volta. Econômica em tudo, falava pouco, isolava-se, mordia os lábios ligeiramente enquanto bordava letras redondas nos cadernos limpíssimos que trazia de casa. As sobrancelhas cuidadosamente depiladas, fininhas, uma atmosfera de pecado em torno dela.

Sim. Isabel era toda azul. Como se o olhar colorisse tudo que tocava. Ela irradiava uma paz azul, um mistério azul envolvia sua história jamais revelada.

Ninguém conseguiu atingir as verdades de suas vidas. Não eram daqui, tinham vindo do Sul, isso foi descoberto; havia um pai ausente de quem jamais falavam, notícias vagas da mãe em viagem, não diziam por onde. Estavam provisoriamente na casa da madrinha.

Quando alguém perguntou madrinha de qual delas, responderam que não era de ninguém, era assim que a chamavam desde pequenas. E se trancavam.

O cerco se fechava, elas escorregavam macias, ficavam todos conjeturando, sozinhos, mil histórias possíveis. Esforço inútil para tornar coerentes aquelas presenças marcianas: confundiam qualquer lógica exigente de verdades mensuráveis.

Muitos se apaixonaram perdidamente. A corte aumentava. Isabel, cada vez mais pródiga, distribuía sorrisos enigmáticos, sem definição de preferências. Joana abria caminhos, protegia a irmã, respondia desconversando.

Chegavam em um carro enorme, encostando lentamente à porta da escola. O motorista ajudava-as, solícito. Esnobavam suéteres coloridos, jeans e tênis americanos autênticos. Sobre as carteiras, uma coleção de *crayons* e canetinhas de nanquim, borrachas perfumadas raras. No lanche, fartura de chocolates, sorrisos e maçãs. Às vezes traziam uma caixa de doces divinos que tinham sobrado da reunião lá na casa da madrinha...

Na hora da fome, dadivosas, abriam sobre as carteiras a festa da véspera, as irritações ficavam esquecidas enquanto durava o banquete: ameixas recheadas, casadinhos de nozes, tâmaras, damascos, amêndoas. O pão com mortadela ficava no fundo das malas, ninguém perguntava nada, os olhos devorando junto. Todos comiam um pouco de Isabel nos recheios amanteigados, trincavam a ponta do mistério nos caramelados da cobertura. A caixa vazia, o dia acabado, tudo repetido a cada semana, a cada mês, até o fim do semestre. Pouco se avançou e o tudo que souberam foi só isso.

Depois das férias de julho as irmãs não voltaram. Ninguém ouviu falar de como tinham partido. Talvez na mesma aeronave que as tinha trazido em abril.

Os cadernos perfeitos, a letra redonda e cuidada, os sorrisos majestáticos, significavam o quê? Tinham deixado nas memórias a forma e a luz indefinida dos raios de Sol, a cor indescritível daqueles olhos transparentes, os gestos suaves das mãos ondulantes, os dedos longos, as unhas polidas semeando papoulas, os dentes alvos e pequenos, uma suavidade, uma paz de nunca mais.

E, de repente, Isabel ali. Parada à sua porta, a pasta surrada sob o braço, o sorriso torto, apanhada no flagrante daquela pequena morte. Elas sabiam muito bem que estavam assassinando a lembrança da fada azul. Luciana tentou recolher a descoberta, mas era tarde. As duas sabiam que era tarde. E inútil também. Meio paralisadas, economizavam palavras, tentavam ao menos esconder suas menininhas para que elas não espiassem lá do passado e percebessem os próprios cadáveres expostos.

Luciana convidou-a para entrar. Sem muito entusiasmo perguntava que fim tinham levado as duas, nunca mais ninguém teve notícias... E Joana?

Não, positivamente Luciana não queria saber, detestava a idéia das respostas, mas ia perguntando enquanto procurava na memória os tons de Sol maduro dos cabelos da indesejável visitante, tentava recuperar um pouco do suave mistério azul para esconder aquela dupla nudez desconfortável.

Isabel não respondeu sobre a irmã. Ali mesmo abriu a pasta e ofereceu suas amostras. Deixou um questionário que jamais voltaria para recolher. Não quis o café, o sofá, o desconcerto, não quis aquela piedade tão claramente explícita nos olhos de Luciana.

Apenas estendeu a ponta dos dedos e desceu os degraus do jardim. Na pasta, junto às amostras, levava o seu segredo.

Luciana esperou que ela partisse, caladas as duas, recolheu o que sobrou de seu deslumbramento antigo, entrou, fechou a porta.

Bonjour, Paris

Chego cedo, mas a fila já é enorme. Enfrento. Bagagem light. Gente chic viaja light. Compro quando precisar. Não percebo num primeiro momento o quão Felipe está próximo de mim. Ainda não o conheço. A fila anda devagar. Quente por aqui. Casacão grosso nos braços, lá vai estar muito frio. Amarro a echarpe na bolsa, fica chiquérrimo. Me exibo, procuro platéia, ninguém aplaude. A voz dele me surpreende:
— Muito charmoso, a cor é linda!
Olho para o que ainda não tinha visto: alto, sarado, cabelos grisalhos, pele bronzeada (Sol ou África?) sorriso absolutamente encantador abrindo espaço entre os fios da barba bem aparada. Quase desfaleço, desvio o olhar, controlo a queda, a meio caminho me recomponho:
— Obrigada. Bom ouvir isso de uma pessoa tão... tão elegante...
Me sinto ridícula, devia ter dito "cool", "legal", "falô", qualquer coisa mais moderninha. Veio de dentro, não deu para peneirar.
Cinquenta anos é meio século, horror, mais de metade da vida, nem vi passar. Agora que Antônio é passado, eu, cidadã do mundo, sem endereço fixo, desembarco do lado de lá "cheia de amor pra dar"... mando ver... Faço meu próprio filme na Toscana, deixo bilhetes para Julieta em Verona, vai aparecer aquele italiano bello, bello, de olhos verdes, montado em um cavalo branco, senhor de uvas e terras férteis.
— Você vai muito a Paris?
— Não muito, minto, tenho estado muito envolvida em meus negócios, exagero.
— É sua vez, estão te chamando. O papo interrompido, ele segue para outro balcão, nos perdemos de vista. Erro a sala de espera, quando percebo, a voz de cama já está chamando. Conserto o erro, subo no avião, um Boeing.

Essa porcaria não vai cair, Deus não vai fazer mais essa comigo, o outro já afundou na semana passada, nunca dois acidentes em seguida, ainda mais agora, minha primeira vez sozinha. Prendo o cinto, fecho os olhos, os dedos agarrados no braço da cadeira.

— Parece que nosso destino já estava marcado nas estrelas, me sento aqui a seu lado... posso?

A voz dele é música, relaxa meus medos:

— Oi! Eu sou Felipe, e você?

Sorrio, encantada. Presentinho de Papai Noel, por isso o velho não me deixou nada na árvore de Natal... (Não se preocupe, amiga, não vou escrever sobre isso, novela mexicana da pior qualidade.) Ele afivela o cinto, me olha, sorri:

— Boa viagem... pra nós dois!

Desmaio de gozo, primeiro capítulo de minhas aventuras, eu, riponga tardia, fugitiva de tédios e monotonias — palavras sinônimas para qualificar a minha vida com Antônio, sem brilho, sem estresses, sem adrenalina:

— Um porre! Paris, me aguarde!
— Como?
— Como, o quê?
— Você falou Paris o quê?
— Eu falei? Só estava pensando em voz alta.

Durante as doze horas de vôo, conversamos, comemos, bebemos, rimos muito, dormimos juntos, lado a lado, cada um em sua poltrona. Eu até fingi adormecer para escorregar a cabeça quase em seu ombro, sentir o perfume de lavanda quando ele dobrou a manga da camisa. Bom demais...

A descida foi suave, o pouso macio, uns caipiras em excursão bateram palmas, vivas ao comandante.

Descemos juntos, quase de braços dados, amigos de infância, passaportes, endereços trocados, malas na esteira.

— Alguém te espera? Tive a impressão de que ele estava ansioso.
— Não, vou tomar um táxi. E você, quer aproveitar?

— Obrigado, não vai dar. Adorei te conhecer, ligo pro seu hotel, a gente se vê, podemos jantar uma noite dessas...
— Claro, me liga!
Dispara rápido, saímos sem nos falar.
— Felipe! alguém chama: cabelos loiros, crespos, alto, eu sem fala, extasiada, chama atenção o casaco preto, longo, pinta de manequim. Atiram-se nos braços um do outro, olhos nos olhos, o abraço é demorado, saudoso. Felipe me percebe, por cima dos ombros do jovem faz um gesto que só eu entendo.
Junto meus cacos e saio: "Bonjour, Paris, j'arrive!

Doce noite

Estiro pernas e braços em diagonais opostas, molemente, para além dos limites da dor. É um prazer fino penetrando o meu espaço interno e refluindo lento num bocejo domingueiro. Ausência de buzinas e de motores. Escorrego para o chão, molemente fico em pé, arrasto-me para a porta, bem devagar. Devagar giro a chave, abro, e ele me dá Bom Dia, o meu jornal. Gordo de promessas. Companheiro. Amigo. Abraço-o com volúpia. Um copo de leite frio, uma pêra madura, suculenta, duas bolachas de água e sal, e volto para a cama. Com ele. Embrulhados, lânguidos, solidários, em silêncio nos olhamos, sem pressa, enquanto bebo devagarzinho. Agora estamos sós, nós dois, eu e meu jornal. Espraio--me pelas folhas que abro lentamente. Descarto algumas, submeto-me lascivamente a outras. Súbito, você, ali, à minha revelia. Você, enorme, enchendo a página, me olha. Olho-te deslumbrada e deslizo com cuidado pelo texto. Volto, então, à sua foto. Procuro com frieza, com distanciamento, todo o distanciamento que consigo. E vejo as rugas, tão nítidas, que me refletem no seu rosto. Que bom estes fragmentos seus que me chegam nesta manhã sem nome... Assim, como em outros tempos, posso dividir com você a doce noite que vivi. Estranho, sabe?... Sonhei com um passarinho. (Seria você, assim emplumado, voando baixo?) Ele não achava a saída na enorme janela aberta. Ou não queria. Crianças riam e tentavam pegá-lo. Corriam pela sala, em busca. Prendi-o então. Nas mãos em concha, acariciei as penas coloridas. Depois, ele escapou e ficou em pé sobre a estante de livros, aquela alta, lembra? E caiu, suavemente, morto. Ou parecia. Angustiada, toquei-o de leve. Redivivo voejou, sentou-se em meu ombro direito. Eu virava a cabeça e o acariciava com meu queixo. E chorava, não sei por quê. Daí, acordei, e você não estava comigo. Há quanto tempo você não está comigo, meu amado amigo... Mastiguei sozinha a perda e a triste alegria daquela ressurreição que não cabia ali.

Esther Proença Soares

Reolho atentamente a sua foto. Quantas marcas novas você tem...
O nariz, o mesmo... Os olhos claros que me olham bem nos olhos. Vencedor?
Mestre. Já não me despem os seus olhos. Apenas dez mil palavras no seu
novo livro, a nossa linda história inteira em só dez mil palavras, você diz?
Sabe? Eu não imaginava este encontro marcado para hoje. Invulnerável,
é o que me esforço por sentir. Sem nenhum aviso, como sempre, aliás,
mais uma vez você chegou. No sonho, no pássaro, na foto, o olhar
indefinido, trancados os lábios. Amar, amor, amado, Passado, pássaro.
Morto? Estranho, o sonho, prevendo a vida, a sua vinda nesta manhã
domingueira de leito e alongamentos. Deixo o jornal, te dou as costas,
espreguiço e esqueço. Dormito. E o pássaro renasce em sonho frágil, à
minha revelia. Me bica a orelha, muito de leve. Rolo o meu corpo, acordo,
te vejo novamente. Lá está. Que bela foto! Página inteira... Quem te pôs
essa marca sobre o canto esquerdo da boca? São tantos anos... Tantos...
Mil vezes cresceram-me as unhas, e os cabelos mil vezes se enroscaram
nos fios das escovas. Te vejo e me vejo espelhadamente. Sabe? Meu corpo
me abandona a cada dia um pouco. E o seu, que aqui não vejo? Nossos
sexos adolescentes, desvairados, para onde foram nossos corpos? Em
dez mil palavras, só, as nossas vidas?... Meu abraço já não contém seus
arrepios. Nem meu ventre as suas melancolias. Nem minha voz espanta
a sua angústia. Ficou em você o medo, quem diria?... Uma história tão
linda, em dez mil palavras, secas, economia de gestos, cada vez mais
avarento... Não nos lerei em seu novo livro, pronto. Não quero. Fico, só e
livre. Também em mim renasce um pássaro a cada dia. Assim sou. Você se
lembra? Cavalgo nele, às gargalhadas, sem machucar-lhe as asas, nem as
minhas. Fecho-te definitivamente no jornal, no mesmo em que você me
veio. Basta. Preguiça doce e evanescente, embarco nesta viagem, minha.
Macios estes meus lençóis, meus travesseiros. Me embrulho inteira. "Vire
pro canto e durma"... vem do passado a voz, materna e protetora... Acolho
a saudade, com mãos macias toco os meus desejos... Me encolho, só, viro
pro canto, não durmo, apenas fecho os olhos cheios de imagens suas...
Fecho os meus olhos, só por hoje esvaziados de nós dois.

Inventário das sobras

Prova de amor

Felício foi sempre um homem feliz: razoavelmente belo e charmoso, razoavelmente forte e saudável. Razoavelmente inteligente, deu sempre conta de seus projetos de forma também razoável. Até no amor. Amou e foi amado, desde muito jovem, pela mulher que primeiro viu como a mulher de seus sonhos: Amanda. Completamente apaixonado, deleitava-se em acariciá-la enquanto a chamava de amada Amanda, às vezes de amada Amanda, meu amor — tríplice testemunho de sua paixão. Casaram-se.

Logo vieram dois bebês lindos, crianças de sucesso e, muito cedo, adultos realizados. O mais velho foi para a Austrália em um desses programas de aprendizado de língua inglesa. Adotado como filho pela família que o recebeu, acabou adotado como genro também. Casou-se e logo nasceram três moleques ruivinhos, de olhos azuis como os da mãe e de uma avó irlandesa. É longe a Austrália e pouco se viam.

A filha, solteiríssima e aventureira, anda a navegar nos mares do Norte e do Oriente salvando baleias e golfinhos nas frágeis embarcações do Greenpeace. Falavam-se apenas via satélite, coisas da modernidade.

Só que Amanda, repentinamente pirou. Vivia agora no mundo da lua. Por que, não se sabia. Foi preciso interná-la para tratamento adequado e Felício a visitava todos os dias. Agora, o razoavelmente não funcionava mais e ele engendrou um plano: queria mais, muito mais do que o mais-ou-menos da vida inteira. Tinha que sair dali.

Preparou malas e passagens, apetrechos e agasalhos adequados, — nunca se sabe o que se vai encontrar — bagagem light, como convém aos viajantes precavidos. Na ânsia de partir, tinha exaurido as contas bancárias, era ir ou ir, não teria mais nem tostões nem centavos, se ficasse.

Foi então visitá-la como fazia todos os dias:

— Amanda, meu amor, esta noite vamos viajar.
— Para onde? Ela quis saber.
— Para um lugar lindo onde vamos ser tão, mas tão felizes, que você vai ficar boa como antes.

Fingiu que saía e escondeu-se no armário. Quase às vinte e três horas, vestiu a amada e, mãos dadas, sorrateiramente se esgueiraram pelos corredores mal iluminados, sorrateiramente passaram pela pequena porta dos fundos e mergulharam na rua vazia sem serem vistos.

Conforme combinado, era meia-noite quando levantaram voo. A viagem foi longa. Longa e cansativa, mas pousaram sem nenhuma dificuldade. Consultou o relógio de pulso, mas os ponteiros tinham parado. O sol brilhava com muita força.

Vai ser noite de plenilúnio, — ou plenaterra? —pensou, se não estiver nublado... nublado?

Com cuidado e lentidão armaram uma enorme barraca, tinham vindo para ficar. Comeram algumas pílulas nutrientes e se abraçaram com carinho em seu leito inflável: ela agora falava coisa com coisa, primeiro dia de uma nova vida. Vida que viveram para todo o sempre, saltitantes e felizes, em sua nova morada na Lua.

almagemea.com

Tônia e Klaus chegaram quase na mesma hora, mas não se viram. Tinham usado nomes falsos todo o tempo em que trocaram e-mails e nunca haviam se encontrado. Não dava mais para segurar o momento da revelação de suas identidades: CIC, RG e, principalmente, idades. Um dia isso teria que acontecer, cara a cara.

Ele entregou o carro ao manobrista e passou pela porta giratória com a segurança de seu porte atlético. Num gesto muito seu, passou os dedos em garra pelos cabelos loiros um pouco desalinhados. Fazia calor e tinham combinado vir de branco para facilitar o reconhecimento. Os grandes olhos azuis do avô austríaco destacavam-se na pele queimada. Era velejador. Regatas perigosas, campeão muitas vezes, moderno lobo do mar, "peito largo de remador", diria Vinicius de Moraes.

Aliás, eram esses alguns dos temas que tinham aproximado os dois: o mar e a literatura, os poetas, a música, especialmente a dos clássicos. Por isso escolheram se encontrar no Hotel Vivaldi, homenagem ao músico amado que tinha alimentado aquele sentimento cada vez mais profundo que os unia. Especialmente os concertos para flauta foram a primeira descoberta. "Enfim, encontrei minha alma-gêmea", pensou ele, desde que se conheceram naquele site.

Tanto, que escolheu *A paixão segundo G.H.* como parte da senha combinada: tinham que vestir branco e carregar, bem à mostra, alguma obra de Clarice Lispector. "Com este título já digo um pouco do que sinto..." pensou ao escolher o livro entre os seus preferidos.

Atravessou o grande hall do Hotel em direção ao bar, conforme tinham combinado. O pianista, seu velho conhecido, dedilhava com suavidade alguma coisa muito antiga de Nat King Cole. "Maravilha! Tudo que a gente precisa para criar o clima. A escolha foi perfeita"...

Deslizou o olhar pelos poucos clientes, ninguém de branco. Procurou uma das mesas colocadas discretamente no fundo da sala quase vazia. Àquela hora teriam tranquilidade para que tudo corresse bem.

Sabia que ia ser muito delicado aquele momento. Como se colocar diante daquela pessoa tão desconhecida fisicamente e tão conhecedora de sua alma, de suas crenças, de seus sentimentos, de seus gostos e preferências. Difícil todo esse tempo esconder o que ainda faltava. Mas a certeza pulsava com seu sangue e repetia mil vezes por dia "Encontrei minha alma gêmea, encontrei minha alma gêmea"...

— O de sempre, Sr. Klaus?

— O de sempre, mas duplo... e pouco gelo.

Deveria ter esperado, mas a ansiedade pedia alguma coisa para relaxar. Dali para a frente tudo poderia mudar, seu cotidiano, seu grupo de amigos, dividir espaços novamente, ele, tão meticuloso em cada detalhe, armários, gavetas, livros, tudo milimetrado à sua volta. Não ia ser fácil partilhar, mesmo com a "alma gêmea".

Recebe o copo. Cem vezes olha para o relógio sem ver as horas. "Tínhamos combinado às seis"...

"Tínhamos combinado às seis e estou morrendo de medo"... Tônia, à frente do espelho, conserta a maquilagem.

Ela tinha descido diretamente ao toalete no andar de baixo. Retoca o batom, um pouco de base no nariz, delicado como tudo nela. Alta, elegante em seu terninho branco, tinha refeito as luzes do cabelo especialmente para conhecer, enfim, sua alma gêmea. "Já são seis e meia e cadê a coragem de sair daqui".

Desde que começaram aquela aventura pela Internet, sua curiosidade bem feminina, como ela dizia, vinha insistindo por aquele encontro. Agora, faltavam-lhe forças. Teria que deixar cair a máscara do nome inventado para encobrir sua real identidade. Algo muito profundo vinha acontecendo nela, cada dia com maior intensidade. Com certeza, estava apaixonada...

— A senhora está se sentindo bem? Está tão pálida... perguntou um pouco aflita a moça do banheiro. Quer que eu chame alguém?

— Não, não. Não é preciso. Obrigada, já estou bem, pode deixar. Será que estou bem? Afinal toda minha vida pode mudar novamente. Agora que eu já ia me acostumando com minha liberdade, ninguém pegando no meu pé, nos meus horários, dona de minha vida... Não será uma fria essa idéia de alma gêmea? " se perguntou. "Não, acho que encontrei a pessoa certa, não é possível haver engano depois de tanto tempo. A gente ama as mesmas coisas, pensa do mesmo jeito...

Escovou de novo os cabelos macios, apertou um pouco os olhos, tique da miopia, e se fixou mais uma vez, demoradamente, em sua imagem refletida no espelho. Estava linda, sabia. Era linda. "Vamos lá, com certeza vai dar certo". Dirigiu-se para a porta.

— A senhora está esquecendo o livro, disse a faxineira, em cima da pia.

— Ah! Sim, obrigada. Como pude?

Tinha escolhido *A Hora da Estrela*. "Seria também a sua hora?" Pegou o livro e subiu as escadas, resoluta.

Procurou a entrada para o bar. Do *hall* dava para ouvir o som do piano, a voz doce do cantor, sempre em surdina: "When I'll fall in love, it will be forever..."

— It will be forever, murmurou.

A sala estava na penumbra. Parou e circulou o olhar procurando alguém de branco. De longe viu a figura lá sentada ao fundo, mas não conseguiu perceber os detalhes do rosto. Caminhou até a mesa sorrindo. Klaus levantou-se para recebê-la.

— *A Paixão Segundo G.H.*, ele disse.

— *A Hora da Estrela*, ela respondeu achando graça pelo inusitado da situação. Laura não pode vir? perguntou encarando aquele homenzarrão lindo, em pé à sua frente.

Ele respondeu com outra pergunta:

— E o Tom?
Um silêncio pesado de alguns segundos caiu entre os dois, olhavam-se meio paralisados.
— Desculpe, não sei como explicar, Klaus gaguejava, a voz baixou: Eu sou a Laura.
— Você? Como você é a Laura? Não estou entendendo nada. Como, poderia aquele gigante nórdico ser a Laura, a doce Laura que ela tinha ido encontrar?...
— Sim, eu sou a Laura dos e-mails. E o Tom, porque não veio?
Novo raio perturbador.
— Veio. Eu sou o Tom, disse Tônia. Eu sou o Tom da Internet.
— Espera aí! Você não é o Tom que eu esperava, então quem é você?
— Tônia, me chamo Antônia, Tônia. Desculpe, mas isto aqui é um tremendo engano! Um pesadelo!
— Você quer um *whisky*? ele perguntou, sem saber por onde seguir.
Ela fez um sinal meio impreciso que sim e sentou-se pesadamente. Ele tentou ainda ajudá-la com a cadeira, mas não deu tempo. Sentou-se também.
— Vamos tentar esclarecer: parece que nós dois somos outros, não é? Acho que desde o começo fizemos tudo errado.
O garçom trouxe a bebida, ela engoliu a metade do copo, nervosa:
— É, fizemos. E quer saber a verdade? É a primeira coisa que você precisa saber: homem, pra mim, só meu pai, meu irmão e meus amigos. Pensei que ia encontrar minha alma gêmea nessa mulher maravilhosa, a Laura...
— Desculpe Tônia, mas eu também estava certo de encontrar a minha naquele Tom que me fez sonhar tanto com este encontro... Desde abril, não foi?
O pianista agora cantava Sinatra, sempre com voz aveludada: "Strangers in the night..." ela começou a rir da palhaçada em que tinham se metido:
— Estranhos *in the night*, nós dois... pontuava cada palavra.

Ele acompanhou o riso e o sentimento, almas gêmeas também na arte de rir de si mesmas.

— A gente não conta pra ninguém, não é? A turma vai cair crucificando os dois...

Horas depois, acabaram de mãos entrelaçadas, muitos ajustes dos desacertos, e gargalhadas.

Saíram juntos, braços dados, aliviados pela liberdade reconquistada.

Na porta, Klaus se propôs a levá-la, Tônia não aceitou e pediu um táxi.

— Orgulhosamente assumidos, mas almas gêmeas pra sempre, 'tá bem... Tom? Leve meu G.H, ele disse, brincalhão, abraçando-a fortemente, com carinho.

— Então fique com minha Hora da Estrela. Não foi uma, foram três horas, deliciosas! ela respondeu sempre rindo, envolvida pelos braços fortes dele. Escreva-me logo, vou ficar esperando... Laura... minha alma gêmea, quem diria...

— Amanhã mesmo, prometo.

Ela subiu no táxi. Pela janela traseira, balançou repetidamente a mãozinha delicada para o novo amigo, ali parado, sorridente, lindo, elegantíssimo.

Klaus acenou, a mão ficou no ar até o taxi virar a esquina. Sorrindo, e já recuperado, voltou para o bar.

Alvorada Grill

— Vai sair, Maria Rosa? — a pergunta de sempre aceitava qualquer resposta.
— Vou, pai, vou jantar com uns amigos.
— A essa hora, filha? — a mãe acrescentou, sem tirar os olhos da televisão. — É tarde!
— Um pouco, mas eles marcaram às onze. — para impedir novas perguntas, ela colocava no plural, eles.
— Então se cuida, tá? Não venha tarde. — a recomendação era a de sempre.
— Bênção, pai, bênção, mãe.
Tinha beijado os dois, ritual de chegada ou de saída, a cada dia repetido.
Agora andava em passos largos para não se atrasar. O dinheiro curto não dava para pagar um taxi. Reviu a figura dos pais tão queridos, ali sentados, sem outros desejos que não o de saber o que a sogra megera da novela ia fazer com a noiva pobre do galã, quem ia chegar ou partir arrebentando corações...
— Só fofocas, — pensou enquanto caminhava, — fofoca de gente que nem existe, não é o que quero pra mim, passar o resto da vida no sofá vendo essas besteiras.
Tinha se arrumado com enorme cuidado, estava lindíssima de verde, o vestido novo feito pela mãe contrastava com sua pele clara e macia.
Desde o acidente com o pai, a vida da família tinha mudado completamente. A aposentadoria não dava para os remédios, a mãe convocou a clientela antiga e retomou o velho ofício de costureira. Antes o marido ganhava bem, agora era a única saída para pagar as contas.

Maria Rosa nunca tinha sido boa aluna. Achava a escola um tédio: — Um porre! dizia. Tudo monótono, tinha que decorar coisas idiotas que nunca serviriam para nada. Arrastou-se até o fim do segundo grau. Então engravidou. De um colega rico e ignorante, mas com um lindo sorriso branco e um olhar verde-água paralisante. Agarrou-a no escuro atrás do pátio da escola, enquanto o diretor soltava foguetes e a turma pulava a fogueira de São João. No arroubo dos calores adolescentes, ele tinha levantado a saia de chita que ela vestia, ela se debateu, ele calou seu grito com mão pesada, e ali mesmo, em pé, tirou-lhe a virgindade e emprenhou-a na única vez em que transaram.

Ficaram apavorados. Ela mais do que ele. Sabia das consequências de um filho aos quinze anos: o futuro comprometido com papinhas, fraldas e mamadeiras. Tinha acontecido com a vizinha, não era o que ela esperava para aquele pedaço de sua vida. Decidida, enfrentou os pais do malandro, responsabilizou-o pelo estupro, ameaçou um escândalo se não lhe pagassem um aborto. Assim aconteceu e ninguém jamais soube disso. Nem seus pais.

O sabor amargo da perda nunca a deixou em paz. Procurava anjos nas nuvens, tentava formatar o rosto do filho descartado, acendia velas a cada aniversário daquele doloroso nascimento — sabia que nascimento não era o nome, mas chamá-lo assim aliviava a sua dor. Agora já são oito anos, como o tempo passa... Não tinha com quem dividir, engasgava-se muitas vezes com lagrimas, não de arrependimento, mas de ódio contra todos os homens do mundo, todos responsáveis por sua tristeza. Passou a se vingar com seus poderes de sedução, amarrava-os com olhares lânguidos, mas nada lhes dava depois. Era a sua forma de castigo.

No final do ano, deixou a escola, aperfeiçoou o que já tinha aprendido em suas próprias mãos: tornou-se manicure. Empregou-se em uma barbearia central, perto do Forum. Começou a caprichar no visual, os homens demoravam-se nela, sentia os olhares longos insinuando-se. Pobreza, nunca mais. E nunca mais entrar pela porta dos fundos.

Assim desabrochou, linda, exibia-se, percebia o encantamento de cada freguês. Fazia o tipo fino, discreto: o uniforme bem abotoado, nunca justo, insinuava os seios firmes escondidos sob a blusa. Faturava gordas gorjetas, a fila de clientes aumentava.

Tinha desenvolvido uma técnica só dela para os preliminares daquele ato libidinoso virtual. Primeiro cumprimentava-os com um sorriso encantador, sabia o nome de cada um. Depois, estendia as duas mãos em concha, sugeria a entrega. Os olhos reforçavam a ousadia. Então acariciava a mão depositada sobre as suas, fingia observar-lhe as unhas e dava o seu veredicto:

— Lindas mãos, doutor, vão ficar ainda mais bonitas... e macias. Sua esposa vai adorar...

E fazia silenciosamente seu trabalho, o toque caprichado, suave, enquanto sentia os olhares de desejo que ela incentivava, mas não acolhia. Negava os convites que lhe faziam para encontros após o expediente.

Determinada, esperava pacientemente. Como águia majestosa, do alto escolhia a presa certa. Que chegou. Sabia que ele era divorciado, honesto, responsável, e rico... e frágil, carente de afetos. Um homem maduro que seria dominado por ela, explorado, aquele que iria pagar pelos pecados do menino inconsequente de quem nunca se esquecera, que nunca tinha perdoado.

Abriu as asas poderosas e, nas semanas que se seguiram, começou a dar voltas em torno da presa. Falava pouco, cuidava para não exagerar o assédio. A cada dia dava uma nova pincelada nem sempre verdadeira sobre a sua vida.

— Não, Senador, não me formei. Sim, gostaria muito de ter feito uma boa Faculdade. É, parei os estudos. Meu pai teve um acidente e eu tive que trabalhar. Quando puder eu volto, estou economizando para isso.

Agora, enfim, caminhava para um primeiro encontro. Desta vez, tinha aceitado o convite, mas não quis que ele viesse buscá-la em casa. Uma brisa leve refrescava a noite morna.

Sabia que o restaurante onde ele a esperava era luxuoso, não ficava bem chegar a pé. Parou um táxi e justificou-se:

— Desculpe, mas meu salto quebrou e eu não consigo andar. Preciso chegar no Hotel aí do lado, é só virar a esquina. — sorriu com o mais encantador dos sorrisos. Em meio minuto o carro deu a volta e ela, com meiguice, agradeceu ao taxista por não lhe cobrar nada.

O Senador veio ao seu encontro com as mãos também abertas em concha. Agora repetia o gesto dela: segurou a mão que ela lhe estendeu, envolveu-a com carinho e acrescentou um beijo. Deu-lhe o braço, protetor:

— Vamos entrar?

Ela não compreendia por que seu coração pulsava forte nas veias do pescoço, por que as mãos gelaram ao toque das mãos dele, um amolecimento de ossos e carnes quando ele sorriu.

Ela correspondeu ao sorriso. Percebeu que o nome luminoso do restaurante, sobre a porta, sublinhava o momento: Alvorada Grill.

Um pouco tensa, murmurou:

— Vamos.

Para onde, não sabia.

Bafo de onça

Pela centésima vez, Alberto consultou o relógio: faltavam cinco minutos para meia-noite. Limite de tolerância e dos ciúmes doídos que sentia da mulher.

Há meses cultivava a desconfiança e uma profunda irritação com aquele maldito curso de cabeleireira que ela frequentava. Nem todos os colegas eram bichas, alguns declarados, sim, alguns ainda enrustidos, mas também alguns sarados e boa-pinta, coisa que ele absolutamente não era.

Olhava-se ao espelho com frequência se perguntando o que uma mulher tão linda podia ver nele, velhote, baixinho e sem o dinheiro suficiente para prendê-la em matrimônio. Esmurrou a mesa e, mais uma vez, caminhou pela sala em passos nervosos. Também pela centésima vez olhou pela janela através da cortina, na expectativa de vê-la chegar. Gesto inútil porque o ronco da moto chegava antes.

A filha da puta ainda tinha conseguido arrancar dele uma nota preta pra comprar aquele cavalão possante que ela cavalgava com pernas fortíssimas — além de macias e gostosas. Cuidadosa encostava, desligava o motor, tirava o capacete e sacudia a cabeleira que dançava sobre os ombros antes de rolar pelas costas da jaqueta de couro. Uma figura de babar... E ele, pernas curtas, não conseguia nem mesmo montar na garupa. A cena se repetia:

— Quer que eu te leve, amor?
— Não, vou mesmo de metrô, acho que vai chover. — A desculpa saía no automático.

Há mais de uma hora, cortava a sala de um lado para outro.
— Puto da vida, tô puto da vida, caralho! Isso é hora de mulher casada chegar em casa! Filha da mãe, hoje acabo com essa palhaça que eu não nasci pra marido enganado!

Inventário das sobras

Ouviu o ronco, correu para a janela, disfarçava, não queria ser visto. O cara da garupa desceu, o ritual do capacete, a dança da cabeleira, dois beijos no rosto, ele saiu caminhando em passo gingado.

— Malandro! Eu aqui corno manso, abestado, é hoje que eu dou um couro nela... — Espumava.

O tipo ainda olhou para trás, um sorriso branco, o gesto largo, ela respondeu alguma coisa como "Amanhã à mesma hora, então?"

Empurrou a montaria para dentro do jardim, trancou o portão, sem pressa.

Ele ouviu o barulho da chave, correu para a poltrona do papai — sentia-se avô ali sentado — mas se acomodou, as pernas esticadas, jornal nas mãos. Fingia.

— Oi, Bebeto, você ainda está aí? Pensei que já estava dormindo... — a voz era doce, amorosa.

— Não, filha, estou aqui lendo sobre esse escândalo na câmara, que vergonha!

— É, foi o que o Fernando me falou agora, que horror, não é?

— Fernando? — disfarçava a raiva. Queria mesmo era encher ela de porrada. Cínica! Não nasci pra corno.

— É, o Fernando, é colega lá no curso, você não conhece. Dei carona pra ele só até aqui. A mulher dele é foda, puta ciumenta, também é dez anos mais velha que ele. Ele é um gato, até entendo, qualquer dia te apresento, você vai ver, um gatão! E aí, amorzinho, já jantou, né? — Falava sem parar. Disfarçava também?

Ele dobrou o jornal:

— Já, sim. Tomei a sopa de ontem. — será que ela entendeu? — A de ontem — repetiu por segurança.

— E você, já comeu? — Queria mesmo era ter perguntado: E aí, ele já te comeu?

— Já, sim, comemos um sanduíche depois da aula. Tô morta de cansada. — Colocou o capacete na mesinha ao lado da porta.

— Moto à noite dá um medão danado, inda mais essa, novinha... com tanto bandido solto por aí. Bom que o Nando veio comigo.

— É. — Não conseguia dizer mais nada. Agora já virou Nando. Saiu fechando as luzes da sala: — Vamos subir?
— Sim, amorzinho, vou tomar um banho quente bem gostoso, estou com um bafo de onça... não vá dormir, hein? — agarrou o rosto dele com as duas mãos, fez uma careta infantil, esfregava o nariz no nariz dele:
— Aguarde-me, meu fofucho! — falava baixinho, com voz de sacanagem, fazia bico. Subiu aos saltos, de dois em dois degraus.
Puta saúde, ele pensou. Nando! Daqui a pouco vai ser Nandinho... Subiu devagar, passando a mão na testa.
Ela cantarolava em baixo do chuveiro, um bafo perfumado invadiu suas narinas. Ele apagou a luz da escada.
— Amanhã eu falo, ela vai ouvir, ah! se vai!
Entrou no quarto. Bem de mansinho fechou a porta, deitou-se nu, fingiu que dormia.

Carta para Adélia

Hoje acordamos cedo, o Sol e eu. Delineio mentalmente esta carta que penso enviar-te mais tarde, querida amiga. Sento-me aqui nesta pedra dura, à margem de um rio. O rio, de que já falei a ti, deságua estreito no mar depois de ter caminhado paralelo à praia por uma centena de metros. É, por isso, como uma pequena lagoa, quase não se vê o movimento da correnteza a deslizar mansamente em direção ao final de seu percurso. Não sabe que seu destino inexorável é esse, traçado há quintilhões de anos, porque rios são apenas rios, não sabem para que servem, o que fazem, para onde vão. Apenas vão. Para além deste fim de rio, está o mar onde ele deságua.

— O nosso Tejo talvez até esteja por aqui abraçado às águas deste mar tão verde. — Olho para o horizonte de onde vim, do outro lado do oceano, onde tu ficaste, amiga, ficou Pedro, ficaram momentos lúcidos de felicidade, construções sutis, arquiteturas elaboradas de vida, tudo que me fazia sentido, emaranhados de pontes e arcabouços, catedrais de paz e amor insano, olhos de gato, mãos queridas, fosforescências e tudo mais que não explica os porquês do acontecido. Atravessei, deixei tudo aí, trouxe comigo a dor anacrônica do vazio, do abandono, sou uma foto desbotada de mim mesma aqui sentada nesta pedra, fragmento de mim. Tu bem sabes, amiga, quanto!...

Olho para o pássaro enorme, branco, mítico, pousado no topo dessa vara fixada quase na margem, bem próximo de onde estou, será uma gaivota? Quando cheguei já estava ali. Quieto, apenas a cabeça se move. Compõe a paisagem, a silhueta bem delineada contra a imprecisão das ondulações da água, ondulações mil vezes mais belas que a pretensão dos impressionistas em fixá-las em suas telas. Impossível registrar a beleza que meus olhos vêem. Kurozawa foi quem chegou mais perto no último sonho do seu *Sonhos*, te lembras? Juntas choramos ao vê-lo. Mas ele não poderia girar o olhar da câmera como eu giro a minha cabeça, nem, como eu, olhar para tudo e tudo ouvir, e estar a sentir ao mesmo tempo. Vejo o que vejo, ouço a voz do mar que arrebenta nas areias para lá da outra margem do rio estreito e manso ao pé do qual estou sentada a perceber tudo: ouço os pássaros que berram, cantam, ou sei lá o que fazem, e ainda cheiro um pouco de maresia, e ainda sinto o calor deste sol estrangeiro deste amanhecer de céu aberto com promessas de um dia de boa praia, caminhadas pela areia branca e fina ali na outra margem entre o rio e o mar.

 O pássaro, vou chamá-lo de gaivota, mas não sei se o é, não conheço bem, meu mundo é outro, sou urbana, converso pela internet com amigos que nunca vi e que me trouxeram para esta terra tão distante, vivo em shoppings e cinemas, ando a buscar preciosidades antigas, dou aulas em salas de escola, coloco pronomes, adjuntos adverbiais e complementos nominais em seus corretos lugares, sei alguma coisa de filosofia, de semântica, mas não sei se este pássaro lindíssimo que enfeita a minha paisagem é, ou não, uma gaivota...

 Então o pássaro-gaivota, quieto, equilibrado no espaço pequeno da vara espetada no fundo raso do rio, me olha. Com certeza é para mim que olha... Nós nos olhamos. Pássaros são apenas pássaros, não pensam como nós, diria o nosso amado poeta, senão este aqui teria dito "Olá, mulher!"

 — Pois aqui onde estou, neste canto vazio do mapa, poucas pessoas passam, mas quando alguma passa me diz "Olá, bom dia" e sorri. É o costume. Tudo bem, ele é um pássaro-gaivota e não sabe dizer "Olá, bom dia", mas meu olhar namora o seu e eu lhe envio com muita delicadeza um "Olá, gaivota, bom dia! Que linda és aí pousada a enfeitar a minha paisagem... Obrigada". Não sei se ela decodifica o meu olhar e o que ele diz, ou se eu é que penso que ela é capaz de fazer isso. "Obrigada", para minha surpresa ela responde com meiguice, e pergunta-me: "Por que o seu olhar é tão triste, molhado, são lágrimas?"

Assim fisgou-me. E ficamos a conversar por um longo tempo. Ela me conta da tempestade de ontem à noite, de como quase foi atingida por um raio, de como precisou buscar abrigo nas rochas da ilhota ancorada ali perto da praia, e me conta que feriu a asa, e me fala deste amanhecer de céu aberto para longos voos, e de como chegou até aqui para descansar e enfeitar a paisagem que nós, humanos, vemos. Assim fico sabendo que elas tem, sim, consciência de sua função estética e a isso se prestam de bom grado. E eu lhe conto de minhas realizações pelas trilhas abertas por onde caminhei com sucesso, dos amigos, como tu, querida Adélia, que me agasalham a alma e não me deixam sentir o peso da solidão e me estimulam a enfrentar desafios, e também lhe conto desta minha dor tão fora de moda, desta ausência doída, que trago de tão longe e que tento exorcizar pelas lágrimas salgadas nas ondas salgadas deste mar tão lindo. Ela abre uma asa e coça a axila com o bico. De novo me olha, demoradamente, sempre serena, e a sua serenidade me acalma um pouco. Assim segue o nosso diálogo, com longas pausas entre as falas. Ela me aponta o rio, que nas cartas geográficas é o mesmo, mas tão outro a cada segundo, porque são outras águas as que correm, tantas voltas já deram por mares, terras e ares, assim corre nossa vida, obviedades repetidas, minhas lágrimas que já foram rios, tempestades ou lagos parados como espelhos, a refletir árvores, nuvens, o azul dos céus tranquilos dos dias mornos de felicidade. Ficamos ali a filosofar, a trocar frases bobas, tolices que em nada mudarão nossas vidas, o curso do rio ou a minha mágoa.

— Olá signorina! — de repente alguém pára à minha frente, cobre-me com sua sombra. A voz de barítono, doce, badala sinos em minha cabeça. Saio de meus devaneios, esqueço a gaivota amiga, olho para ele, despudoradamente a enfrentá-lo. Um sorriso branco que se destaca na pele queimada, olhos diminuídos pelo sublime ato de sorrir, cabelos ondulados bastante grisalhos, bandido sedutor, conheço-te bem... O charme italiano aqui ancorado. Respondo. Respondo como é o costume por cá:

— Olá, bom dia.
Encorajado ele continua, a misturar idiomas, sempre a sorrir:
— Por que piange, signorina?! Desculpe, però me fa tanta tristezza... una belíssima donna, un fiore di donna, sabe cosa è un fiore? Una flor di mulher, perque piangere cosi?...

Tento penetrar seu olhar, perceber sinais do real significado dessa abordagem tão invasiva: um sedutor à antiga ou mais um ser humano solidário a querer dividir comigo o peso desta tristeza nova? Por que as pessoas se sentem tão incomodadas com as lágrimas alheias? Não me detenho a buscar respostas. "Un fiore di donna", lindo, lindo, é o que me chega lá no fundo e acaricia a asa ferida de minha vaidade. Como a gaivota, ferida. Sorrio, recolho as lágrimas, ele continua a sorrir também:

— Bravo, signorina, cosi va bene. Riccordate sempre: lei è una bella dona, un fiore di donna.

— Grazie. — busco alguma coisa do italiano aprendido em nossas viagens, umas poucas idas de Pedro e eu à Toscana, lembra-te Adélia, quando lá fomos? Mas não me arrisco a mais que isso. Apenas me rendo e sorrio novamente, meus olhos agarrados aos olhos dele.

— Brava ragazza, — ele diz paternal, como se falasse a uma criança — cosi va bene. Ciao, signorina. — e abruptamente como chegou, parte. De longe ainda se vira, anda alguns passos de costas, acena-me com os dois braços erguidos, senhor de céus e terras:

— Non dimenticare, un fiore di dona...

Sorrio para mim mesma e mergulho em minhas lembranças luminosas. A gaivota, enciumada, se cala. Altiva, não me diz mais nada. Seguramente é uma gaivota, agora sei, depois disto, nada mais vai balançar minhas certezas: sou mais bonita, mais inteligente, mais culta, mais cativante, mais encantadora, um "fiore di dona", muito mais elegante, muito mais mulher do que aquela insignificante rapariga que desarticulou toda a engrenagem de nosso casamento, há trinta anos perfeito. Quero dizer isso para a gaivota, mas ela também já partiu.

Nada mais importa agora. Levanto-me, retiro com as mãos a areia colada em minhas pernas, atravesso o rio, a água na altura do peito e chego à praia do outro lado, já cheia de gente.

Percebo a minha gaivota entre muitas, inconfundível, em voo rasante sobre minha cabeça. Aceno, agradeço-lhe a enorme paciência de ter ouvido minhas tristezas e até compreendo porque me abandonou. Caminho sem pressa, ofereço a face para o Sol, um vento fresco alivia o calor da pele. Abro olhos e mente a buscar no ponto combinado: os amigos novos que ainda não conheço devem estar ali. Sorrio realimentada e o meu sorriso ilumina meu mundo.

"Un fiore di donna"... eu... lindo, lindo... Por algum tempo, Adélia querida, certamente estarei a salvo de mim mesma.

Cão ferido

Anoitecia, ele rodava pela estrada, atento. O limpador de para-brisa não dava conta da chuva forte que escorria pelo vidro. As janelas fechadas, embaçadas, pioravam sua visão. Cuidava para não acordar as crianças que dormiam profundamente no banco de trás.

Alguma coisa como um cão à beira da estrada acionou nele um alerta: e se de repente ele atravessasse a pista, teria que frear e poderia perder a direção. Diminuiu a marcha, acendeu os faróis e, cauteloso, parou a seu lado. Não era um cão. Acocorada, imóvel, encharcada, uma jovem mulher, quase menina. Ergueu a cabeça escondida entre os joelhos e olhou para ele. Os pés descalços, sujos de barro, o vestido grosseiramente estraçalhado, ela tentava esconder o corpo, encolhia-se entre os farrapos molhados. Olhar vazio, boca semi-aberta, não respondeu quando ele perguntou se queria condução até a cidade. Apenas deu de ombros. Ele ficou em dúvida se ela chorava ou se era a chuva lavando marcas roxas em seu rosto magro.

— Quer ir? — ele insistiu abrindo a porta, — entra aqui, eu te levo.

Ela demorou-se calada, inerte, por algum tempo só olhando. Depois novamente mergulhou a cabeça entre os joelhos, os braços se travaram com firmeza em volta das pernas. O corpo dizia que não. Ele fechou a porta e muito devagar retornou à estrada, impotente.

A chuva diminuía. Certificou-se de que os filhos continuavam dormindo tranquilos. Só conseguiu apagar um pouco daquele olhar de cão ferido quando alguém, em sentido contrário, ofuscou sua vista com o farol alto.

O rei das pipas

Ele era meio vesgo. Ninguém mais é vesgo nos dias de hoje. Meio manco também. Para tudo existem agora cirurgias e próteses. Não tinha dentes. Quase banguela, ainda um canino perdido naquela gruta vazia, sua boca, que a barba rala não encobria. Triste figura!

Dormia embaixo de uma árvore da nossa praça, embrulhado em cobertores velhos, desses que se usam para forrar a mesa de passar roupa, feio, cor de cinza, com algumas listas desbotadas em vermelho e alguma coisa que um dia foi branco. Um vira-lata dividia com ele o calor de seus corpos. Chamava-se Rex, o cão. Ele, não sabíamos. Quando chovia, enfiavam-se em sacos pretos de lixo, desses usados nos latões das casas que rodeavam a praça, onde também nós morávamos.

Ele não se queixava, não era pedinte. Vivia de esmolas, sim, mas que lhe davam. Orgulhosamente não pedia. E não aceitava nada além de suas necessidades:

— Pode levar de volta, moça. Diga obrigado para sua patroa, mas não estou precisando, hoje, pronunciava as palavras com dificuldade.

Prendendo os longos cabelos encaracolados, visguentos, que caiam até os ombros, enfiava na cabeça, até os olhos, um saco de papel. Dava-lhe a forma de uma coroa. Repicava alguns buracos, criava saliências em ponta, formando uma cruz de Malta bem na testa.

Mudo o primeiro adjetivo: não era, não, uma triste figura. Havia nele, sobre todo aquele desengonçamento uma dignidade majestática nada triste. Impossível qualquer sentimento de nojo, asco, repúdio. Talvez por conta da coroa e daqueles sacos de estopa: amarrados uns aos outros e presos nos ombros por um cordão, caiam armados, com fartura e volume, até o solo — a capa de um rei africano do tempo das caravelas.

Mestiço, cabelos negros de gente branca e pele escura da raça negra. Uma bela figura. Magro, imponente. Quando ficava em pé, quase dois metros de altura. Sentado, mantinha as pernas abertas, uma das mãos sobre a coxa, o cotovelo afastado do corpo. Com o outro braço gesticulava. Fazia longas falas numa linguagem incompreensível. A cabeça erguida, o olhar vagando por uma platéia imaginária. Movimentos largos, dedo indicador levantado, a voz saía pausada, cavernosa, a língua tropeçava naquele canino necessário para dar suporte aos sons que precisariam de todos os dentes para saírem inteligíveis.

Nada disso enfraquecia o seu momento de glória. Certamente ouvia palmas ao final da fala, pois agradecia em pé, solene, curvando-se a meio, sem perder o porte régio.

Às vezes, eu conseguia que ele não devolvesse nosso prato de comida. Era preciso ser o primeiro a chegar, na hora de sua fome biológica, que nada tinha a ver com nossos horários convencionais.

Certa vez, minha mulher ofereceu-lhe um banho e roupas limpas. Ele nos olhou demoradamente, com alguma piedade por nossa incompreensão.

— Obrigado, senhores, por sua enorme gentileza. Não preciso, estou bem assim, falou lentamente, procurando articular com clareza as palavras.

Algumas vezes, especialmente nas noites de inverno, era levado para um albergue. Com mansidão aceitava entrar na viatura policial. Antes de partir, protegia seus calhamaços de escritos dentro de plásticos amarrados com barbantes. Tinha um acordo com os homens: que o levassem, mas sem mexer nos seus papéis.

Quando não estava escrevendo nem discursando, fazia pipas com folhas de jornais. Pesadas, jamais subiriam. Mas ele as fabricava com estranha dedicação. Dobrava as beiras cuidadosamente, amarrava fios de linha frágeis nas varetas tiradas dos galhos secos que caíam. A cada dia, pendurava uma nova nas árvores e nos arbustos de seus domínios. Centenas delas balançando ao vento...

— Até ali é meu, dizia.

Marcava seu território apontando, e exibia os documentos de posse. Que ele mesmo tinha produzido com letras góticas. Onde teria aprendido tudo aquilo, nunca soubemos.

No final do mês passado, conseguimos chegar primeiro. Aceitou o prato que levamos, agradeceu com um sorriso doce e nos entregou um envelope encardido, com lacre vermelho travando a abertura, o desenho imperfeito de uma coroa, estampada a mão, sobre ele.

— Guardem isto, sussurrou enquanto, com olhar atento, examinava a praça vazia. Saberão quando chegar a hora de abrir... Agora, me deixem. Preciso descansar antes de partir.

Altivo, como sempre, nos encarou sem dizer mais nada. Sabíamos que ele jamais responderia qualquer pergunta com cheiro de curiosidade. E voltou para o seu canto, entre suas toneladas de papéis ensacados. Com delicadeza, pendurou algumas pipas novas. Escolhia com cuidado onde ficariam mais bem colocadas.

Na manhã seguinte, tinha desaparecido. Por duas semanas não soubemos nada sobre ele. O cão passou a nos visitar com olhos pedintes, abanava o rabo e aceitava humildemente nossa comida.

No começo desta semana, foi Rex quem encontrou o corpo do companheiro, encalhado nas colunas de sustentação da ponte sobre o rio. Soubemos do afogamento pelo jornal, uma notícia perdida no meio da indignação dos moradores sobre a poluição de nosso bairro. Quando nos demos conta, os lixeiros já tinham recolhido todos os seus trastes. Friamente, irresponsavelmente, já iam sendo triturados pelo enorme cilindro do caminhão.

Por tantos anos aquela figura tragicômica nos desafiou com sua imponência, suas frases curtas e sábias, seu olhar manso, mas orgulhoso. Agora, só nos restava o envelope. Era o momento para abri-lo. A letra firme desvelou muito pouco:

Senhores

Esta noite parto para a Lua. A minha escolha é um direito que tenho. A solidão, a dor, a mágoa, a mão vazia, bem pouco têm a dar que pese e valha a pena. Inútil continuar por estes caminhos de poesia. Já não estou mais, nem em mim mesmo, nem na sombra, nem na Terra, nem na noite mágica que antes envolvia minha ternura sem dono. Tristeza de ter chegado ao fim da estrada estreita e interrompida, sem caminho de volta e sem saída. Permitam-me partir com a pureza da chegada.

Tinha assinado com nome e sobrenome bastante longos. Mas rabiscou todas as palavras. Deixou legível apenas a primeira: *José*.

P.S. Deixo-lhes as minhas pipas. De que me serve levá-las? Lá não há vento para que esvoacem, e pipas que não esvoaçam de nada valem.

Inventário das sobras

Mais uma vez subo a ladeira íngreme e chego à Avenida Paulista, tão larga hoje. Para isso foi preciso destruir os jardins dos palacetes centenários, derrubar matas seculares, só o que restou foi um parque com alguma vegetação original, agora raquítica. Algumas árvores antigas defronte a enormes prédios moderníssimos de aço e vidro resistem e confirmam aqueles momentos. Com tristeza, relembro esses lances de selvageria em nome do urbanismo.

Há alguns anos, Júlio participava dessa febre de construções, me lembro, eu, decepcionada com a destruição a fim de abrirem espaços. Vejo agora ele mesmo, com entusiasmo, quebrando solos cimentados, defendendo as poucas áreas verdes da cidade. Tarde demais, meu filho. Os casarões, os jardins, as matas, já se foram, ficaram só na memória renitente de velhos saudosistas, como eu.

Perplexa, me dou conta da subida, quatro quarteirões íngremes, e me pergunto como, nesta idade, ainda consigo chegar aqui. Gosto de andar pela avenida assim bem cedo, lojas de grife e bancos poderosos fechados, apenas alguns carros e ônibus lotados circulando. A cidade é outra nessa hora, tem cara da infância quando minha mãe me levava para a missa das sete. Íamos a pé, respirando o ar despoluído, um santo remédio para a minha bronquite, ela dizia. Ficou em mim o hábito, talvez para restaurar alguma coisa desse passado longínquo.

Enquanto ando, examino a paisagem urbana, tento assinalar as diferenças, faço o inventário das minhas sobras: também olho mentalmente para os caminhos de vida percorridos, às vezes tranquilos, outros, como serpentinas nem sempre coloridas, pedaços aquietados na memória. Lúcida ainda? Não sei. Eles que digam. Sem pensar, deixei-me levar pelo vento, inexorável ponte para o futuro, um futuro certamente mais curto agora. Já não me preocupo em fazer perguntas nem em buscar respostas. Inúteis, ambas.

Ontem, aquele fogaréu incendiando meu bolo, foi preciso fazer um bem largo, esparramado na bandeja de prata, tantas eram as velas. Os meus queridos todos me aquecendo com risos, sorrisos, cantorias, beijos, muitos abraços cheios de ternura, sabonetes e águas de alfazema, — tantos, que ficarão como herança para a família.

— O que se pode dar a uma velha desta idade? — ganhei também um pacote de votos de felicidades, longa vida, saúde e até quem dissesse... "um novo amor, Titia!"

— Uma piscadela safada sublinhando a piada inoportuna.

Uma pajem impecável em seu uniforme alvíssimo passa ao meu lado empurrando um carrinho de bebê, caminhamos juntas por alguns segundos. A criança sorri para mim, enrola uns gorjeios, agita braços e pernas, põe a mãozinha na boca, sempre me olhando. Recebo o gesto como um beijo. E ontem? O bisneto filósofo, mais que todos.

— Bisa, você viu que coisa? Tio Fernando já sentou na cama, a chuva passou, o Sol tá quentinho, é seu aniversário... e eu... eu estou aqui! — quatro anos ele tem, ou serão quatro séculos de sabedoria, lição de vida na fala de anjo, já sabe que as coisas são apenas coisas, que o importante é o quanto estamos, aqui e agora, nas coisas. Pena que depois a gente cresce e esquece...

De repente, a resposta me cai no colo. As respostas, agora, sempre me caem no colo. Revelações. Acho que é isso: "nós somos todos segmentos de retas semoventes excursionando pelo tempo e pelo espaço. Assim vamos, retas que nunca se encontram, se se cruzam não se tocam, e seguem solitárias à espera do infinito encontro". Pronto! Acho que fiz um poema. Minha incorrigível alma de poeta fez um poema.

— Nunca sei se penso em prosa ou em verso, isso me diverte.

Caminhei só, às vezes por ruas cheias de pedras pontiagudas, era preciso, assim como é preciso cultivar rosas em poemas e curtir todas as madrugadas de amor e paz. Mais do que isso é esperar pelo jamais.

Pedro me disse que Joana vai ter mais um filho, vão se mudar para o sítio, precisam do espaço da casa grande, fugir do ar poluído (que ele também ajudou a criar, isso jamais direi), eles são tantos.
— Não, meu filho, não me importo, quase não vou lá.
— A tese da Norminha foi aceita, vai para a Alemanha.
— Quando mesmo, querida?
Desisto do inventário. Minha criança tem razão, o hoje importa: Fernando já sentou na cama, a chuva passou, o Sol tá quentinho, foi meu aniversário... e eu... eu estou aqui!
— Bom, muito bom, ainda estou aqui. Passo ao largo da minha paisagem de infância desconstruída. Deixo a avenida, começo lentamente a descer pelo caminho de volta. Nenhuma pressa em retornar à casa vazia. Só Carmelita. Com certeza preparou meu café com leite, pão de queijo fresquinho bem mineiro e me espera com sua rusticidade e amorosa devoção. Adoro pão de queijo...

Xô, passarinho!

Jacira não se lembrava de quantas vezes ela e a irmã tinham subido o morro empurrando a cadeira do Zé, se enroscando nas pedras no tempo da seca, entalando na lama quando chovia, as rodas já velhas se negando a desenganchar dali — afinal há mais de dez anos a gente carrega ele morro acima, morro abaixo, desde pequenas:
— Desgraça de vida, Eulália reclamava dez vezes por dia, reclamava, a mãe dizia — Deus mandô, tem que aguentá, não era culpa delas. Cabra safado esse meu fio, inventava o que o diabo esquecia, o marido se orgulhava. O Zé tinha sido um menino capeta, sim, seguia o pai por todos os caminhos, sem nenhum medo.
— S'imbora, Fio, o pai chamava logo cedo, vamo aproveitá a maré baixa que tem mais peixe nos arrecife. E lá iam os dois, só voltavam de tardinha, a cestaria carregada. — Tudo isso? — a mãe se assustava, descorçoada, limpá toda essa peixada, marido? Não sobrou nada no mar? se queixava de ter de abrir tanta barrigada. O menino achava graça:
— Para de chorero, mãe, que Deus castiga, a senhora qué comê o quê, passarinho? Ria enquanto limpavam as gaiolas dos canários que tinham pegado com arapuca, ele e o pai, sempre parceiros.
Lembro-me tão bem, — o olhar perdido no mar lá longe, Jacira mais uma vez buscava o passado cada vez mais distante. Hoje, quando subiu, mais uma vez tinha brecado as rodas da cadeira com uma pedra, na boca do precipício, o lugar de sempre, o Zé ria: Cara de bobo, coitado, já num guento mais, ela não sabia nem mesmo sonhar com seu futuro. A Lala é que fez bem feito, se mandou com o cara do farol quando ele foi embora pro continente:
— Tu é um botão de rosa vermelha, — romântico ele tinha dito. Nem bênção pra mãe, nem tchau pra ela:

— Que eu não vou ficá limpando merda do Zé pro resto da minha vida, só o que disse quando desceu o morro pra se encontrar com ele no barco, com promessa de nunca mais voltar. Agora era ela, Jacira, mistura de mágoa, piedade e tristeza, quem empurrava a cadeira morro acima, o irmão só parava de gritar quando olhava o mundo lá do alto. A mãe, fraquinha, afundada em tristeza, obrigava, tinha que subir:

— É melhor, coitado do Zé, assim eu também paro de gritar aqui por dentro do meu peito, se dizia, o olhar perdido no céu, no vôo das gaivotas. Pensava na Lala, asas abertas em cima do mundo, planando, girando, girando sem parar: Será que elas não se cansam nunca? repetia a pergunta da infância..

Naquele tempo o Zé tinha só doze anos:

— Não se cansam, não, gritava e abria os braços e tentava descer as escarpas planando também. Ela, pequeninha, acompanhava o irmão, arriscava-se, Lala se horrorizava:

— Volta aqui, Zé, vou contá pra mãe, tu leva um coro de lascá a pele, a mãe tinha prometido se ele fizesse aquilo de novo.

Mas fez, e rolou, o corpo se enroscando em cada volta até parar entre as rochas, lá no fundão, a cabeça emborcada na água. O pai e a mãe não ouviram o berro das duas, elas desceram por entre as pedras.

— Me ajuda aqui, Jacira! — resgate doloroso, elas, ainda meninas tão frágeis, tentando chegar até o irmão lá embaixo, quase morto.

— Antes tivesse morrido, quase morto não é morto, — Eulália dizia quando tinham que dar banho nele, há dez anos, fazer ele engolir a sopa, há dez anos, limpar a merda, há dez anos, todos os dias.

— Quase morto não é morto, — se lastimava. Depois daquilo, o pai tinha murchado:

— A culpa foi minha, compadre, dizia lamuriento e pinguço no bar da vila, só porque não tinha levado o filho pro mar naquela manhã.

Hoje tinha dado uma louca nele, amanheceu engasgado em choro, as gaiolas todas no chão, abria cada uma, agarrava cada passarinho com as mãos raivosas, Xô, passarinho, Xô, já pra longe daqui, quem tem asa tem que avoá, quem não tem fica no chão, viu Zé? quem não tem fica no chão! Falava cheio de lembranças, a cara lavada de lágrimas, Jacira nunca imaginou, um homem tão rijo, tão corajoso, berrando feito um cabrito desmamado, quê que era aquilo? E a Lala não estava mais ali pra chorar junto com ela, mais uma vez, agora sozinha, tinha subido empurrando a cadeira, tão pesada, olhou pro Zé, quietinho, sorridente, os olhos dele arreviravam, ora pro céu, ora pro mar, até parece que tá vendo de verdade, pensou. E se eu abri a gaiola, será que ele avoa de novo, se perguntava pela centésima vez. Olhou neblinada para a pedra brecando a roda, aproximou o pé, fingiu que não via, empurrou. A pedra rolou silenciosa, ela ficou apenas acompanhando as gaivotas no céu, girando, girando.

Pecados capitais

A mãe delas morreu de parto quando as trigêmeas nasceram. O pai sonhava alucinadamente com um filho homem. Vieram mais três mulheres numa só baciada. Já eram quatro, uma a cada ano. Pelo ultrassom não tinham conseguido definir o sexo dos bebês. Desmaiou ali mesmo, na sala de espera da Maternidade quando o médico e as enfermeiras lhe trouxeram os pacotinhos cor-de-rosa e a notícia da morte da esposa.

Dinheiro não lhe faltava. Assim cresceram as sete belezas, sete pecados, entregues às mãos de governantas linha-dura, de babás condescendentes e de um pai viúvo desolado e sempre distante; e elas, entre tapas e beijos por aquele desnorteio.

Ora vai que, de repente, a vizinha se deu conta de que todas eram agora mocinhas lindas e muito, mas muito ricas. Fez então a cabeça do sobrinho para que tentasse se casar com uma delas e assim tirar o pé da lama. O bom moço, que nunca ousara nem mesmo espiar por cima do muro para saboreá-las seminuas na piscina, lá foi obediente, em busca de noiva. Não tinha pais, vivia com a tia velhota e pobretona, ia de ônibus à repartição pública onde defendia um salário pouco maior que dois mínimos. Não custava tentar. Mas só se eles se gostassem dizia, cheio de amor pra dar...

A tia viajou por umas poucas semanas. Na volta quis saber o que tinha acontecido. Decepcionada e pálida, ouviu o relatório sucinto que ele fez:

Odila era muito brava, raivosa e má.

Agar, muito pão-dura, nem um café ofereceu ao candidato. Foi tomar escondido na copa, comendo os pães de queijo que ele, ele, tinha comprado.

Vani nem mesmo lhe deu boa-noite quando entrou para visitá-la. Desprezou-o totalmente. Quem pensava que era? Orgulhosa de quê?

Luana, corpo de violão, cintura de vespa, um pecado de luxúria, logo foi enroscando as coxas nas pernas dele, deliciosa, sim, mas nunca seria uma esposa honesta, e ele não tinha nascido pra corno.

Isabel, preguiçosíssima, só ficava se balançando na rede, daí as desavenças com as irmãs. E ele não estava disposto a ter mulher molenga. Talvez até fosse dona de alguns vermes que lhe roubavam as energias.

Enfim, Augusta: gulosa, devorou todos os bombons que ele tinha levado no dia em que a convidou para ir ao cinema. Precisaram sair correndo, antes do fim, para ela vomitar na rua, encostada em uma árvore, que nojento foi...

Lindas! Mas nada feito!

Afinal, quando alguns dias depois ele apresentou à tia a mulher dos seus sonhos que ele conheceu em suas andanças na sala das vizinhas, a manicure pobre das meninas ricas, a velha se decepcionou mais ainda: nem tão bonita, mas donzela, doce, casta, generosa e comedida. E ainda estudiosa, inteligente, esperta. Tantas virtudes numa só pessoa. Mas pobre, pobre, pobre, uma poupancinha merreca na Caixa Federal... e de pobre chegavam eles. Enfim, vá lá... Era um vero amor, consolou-se a desolada senhora.

Casaram-se. E foram muito felizes... por exatos sete anos, sete meses e sete dias. Foi quando ele reencontrou os seios ainda mais apetitosos, a bunda sensual, a sempre gorda conta bancária e as coxas ardentes de Luana, ainda mais gostosa e mais sedutora... Que maravilha! Tantos pecados numa só criatura!

Princesa

Ela acordou com os latidos estridentes.
— A cadela do onze tá no cio, de novo...
Ergue-se nos cotovelos, olha os corpos amontoados na cama grande. Tudo quieto. No caixote o neném dorme tranquilo, nem se mexeu com a gritaria dos vizinhos querendo separar a cachorrada. O Zé ronca alto, enroscado nos meninos.
Um nheque-nheque fininho aponta no silêncio escuro da ladeira. Ela não ouve só com os ouvidos, tão igual ao de sempre: se repete a cada dia, na mesma hora. Paco, enorme, pesado, com seus bilhetes borboleta-treze, volta devagarzinho em sua cadeira de rodas, o caminho sabido de cor, empurrando-se cansadamente.
A cachorrada redobra o berreiro. Alguém abre uma porta e um grito esganiçado esparrama de novo os machos alvoroçados:
— Passa, Princesa! Vai vadear lá na avenida, cadela duma figa!
— Cadela duma figa, Lindaura repete baixinho.
Cadela duma figa é a Noca, dezoito anos de saúde, um filho loirinho, o outro creoulo, capetando os dois pelas ruas da favela. Mania de limpeza, tudo nela brilhoso, escorrendo luz: o cabelo negro, as bochechas vermelhas de ruge, os olhos lambrecados de sombras, uns riscos pretos em volta das pestanas pintadas, o vestido de cetim remexendo as franjas na cadência do andar molenga.
Até as panelas, penduradas pra fora do barraco, o seu orgulho, a sua prata de lei. Ninguém entendia os milagres que a cadela arranjava com sua lata dágua. Polia e rebrilhava cada peça, como polia a si mesma, exibia orgulhosa os seus tesouros. Depois trancava tudo, as panelas e os moleques, e saía rebolando seus outros brilhos, eternamente no cio, distribuindo em cada canto, dado ou comprado, o calor que tinha de sobra.

— Filha duma puta, Lindaura murmura. A essa hora deve de tá longe, lá nas avenida...Vai lá catá teus home, vai cadela duma figa! Vê se me deixa em paz...
    Antes, ela também sabia. No tempo da fábrica ficava horas se enfeitando, se melecando, tudo que era novidade comprava. A mãe olhava feio, feio e triste, afundada na tosse, enfiada no xale velho, uma febre crônica comendo cada dia um pouco mais do pouco que a filha ganhava.
— Parece muié-dama, fia. Se teu pai tivesse aqui, te chegava o coro no lombo...
    O pai... que pai? Perdido na memória, morto de ataque, à revelia, num fim de mundo lá do sertão à beira do rio já quase seco. O rio... De pequena vivia dentro d'água, o sítio de pau-a-pique cheio de vãos, a família amontoada no tempo do frio pra se aquecer. Pai fechava os buracos, a chuva abria de novo. O barro entrando nas unhas, nos cabelos, no sexo, na pele. O barro do chão, das paredes, do fundo do rio, encardindo o que havia de aberto em seu corpo menino.
    O Passado voltava sempre, doído. A memória da terra poeirenta que invadia sua boca, seus olhos. Secos, nunca tinha chorado. Aguentava. Era do seu feitio.
    Pensa em se levantar sem fazer barulho, mas com medo vai ficando ali, embrulhada em suas lembranças tristes. A irmã mais velha, treze anos de formosura, pé na estrada com a primeira promessa de bem-bom, nunca mais se viu. A outra, o boto prenhou logo depois das primeiras regras, não aguentou o parto, se foi levando o filho embrulhado junto pra economizar rede. Ficaram só as duas, mãe e filha, até onde deu pra aguentar. De carpir, plantar o milho, socar o grão, trazer água no pote e lavar os trapos, de rachar tanta lenha, ela tinha feito crescer, nos seus quinze anos sempre silenciosos, uns peitos duros, braços roliços e sadios. As ancas largas se apoiavam sobre pernas fortes, grossos tornozelos, grandes pés esparramados.
    Tinham vindo as duas se arrastando léguas e léguas, os lábios queimados de sede, até o vilarejo mais próximo; a mãe já cheia de

dores, olheiras largas na cara e uma moleza profunda nos ossos que só pediam ficar deitados. Depois, a cidade grande. Lindaura trabalhou duro pra pagar o barraco em que dormiam amontoadas.

Até que um dia, no dia mesmo em que enterrou a mãe, deixou as mãos do Zé se aquecerem no seu corpo. Ele tinha chegado mansinho e suave, esperou paciencioso, ficou rodeando até ver a porta se abrindo nos olhos dela. E foi um não acabar de descobrir-se. Ele, as mãos firmes na direção dos seus desejos, olhos fixos na vida e uma promessa de amanhã, era o seu tudo... Quem sabe?

Ela se encontrou, lavou a cara, isso a mãe já não viu, fez ninho, picou os ovos, embalou os filhotes meio sem jeito, a princípio. Ficava esperando a volta dele pro barraco, cansado, o dia inteiro de trabalho duro na pedreira, a voz mansa, as mãos seguras, um teto que se fechava a cada noite sobre aquele vazio de não ter história. Tantas tristezas, tantas, as velhas e agora aquela.

A cachorrada volta uivando atrás da Princesa, o Zé meio que acorda, se vira no colchão e emenda o sono. Lindaura fica olhando para ele. Ela sabe. Toda gente sabe. De poucas falas e poucos entendimentos, finge não compreender. Continua olhando para ele como sempre foi seu jeito: sem dengues, fica esperando, como antes, fechada com sua fogueira de querer se dar, sem saber como se abrir. De muito para cá, anda se queimando sozinha, perdida, solta no espaço, o Zé macheando atrás da cadela no cio. Que fazer sem seu homem cobrindo a sua solidão?

Fica escolhendo a morte para aquela dor, sem acabar de resolver. Meia de nylon em volta do pescoço, disseram que era porreta. De memória ia lembrando os lugares do quarto. Nenhum dava pra se pendurar com a certeza do fim, é pesada. Revólver não tem. De beber não quer. Sabe de muitas que andam agora furadas por dentro, comendo de canudo, um ano de sofrer nas clínicas, pra quê? Se atirar de um alto não tem coragem. No rio não dá: sabe nadar tão bem. Tão bem... É, no rio não dá. Ia sair nadando, as roupas grudadas nas partes, tudo perdido, tão caro custou, Deus me livre! Ela tem é uma vontade de lavar a alma até desencardir a lama daquela vida inteira. Por que tanto pensamento ruim vindo à cabeça agora?

Um buraco muito grande, um vazio de mãe se abre no estômago. Talvez uma fome de pai, com toda a tristeza da angústia, cresce dentro dela.

Escorrega cuidadosamente para o chão. "Se o neném acorda, o Zé berra comigo..."

Agora, de olhos esbugalhados na porta escura, sente a noite negra encarando-a bem de frente, desafiada. O nheque-nheque cantando triste, cortando os pensamentos dela, chega lentamente.

— Vou dizer pro Paco botar óleo nessas roda de merda. Tão me furando o miolo. Por que não morre, desgraçado? Pra que seguir vivendo nessa droga de carro, cotó pra toda a vida?

O cheiro da noite é azedo.

— Do rio, deve ser. Quando faz calor é sempre assim. É não, é do rio, não. Isso é cheiro dos podre da minha vida. Acho que é o cheiro dos cotó dele. Será que costuraram com agulha e linha quando a perna caiu? Ou ficou tudo escorrendo?...

O nheque-nheque mais perto, a vontade de morrer mais forte.

Qué te pasa, hija mia? A voz do Paco sai macia, o olhar enternecido, gordas as mãos, antigas, suarentas, o gesto largo se abrindo para o aconchego. Tristezas somadas, as dele e as dela, a morte que ela queria se oferecendo ali, tão pura, entre os dois braços abertos. Sem nem saber por que, um choro sem fim rompe os diques, escorre solto, aquele choro novo, tão desejado, arrastado, grosso, quente, lavando o encardido da cara como nunca.

Despudoradamente se ajoelha, perdida, princesa sem coroa, mergulha a cabeça no peito largo, amigo, paternal. Por um instante redimida, lavando as feridas daquela solidão imensa, banha os pelos fedorentos dele:

— Bênção, Paco.

Desconcertado ele passa a mão com muita doçura nos cabelos emaranhados dela:

— Diós te proteja. Vuelva a dormir, hija. Vate... Por la mañana todo pasa... Todo pasa...

Sol de inverno

Olho demoradamente para Josias. É um homem bonito. Atraente. Forte. Peito de atleta. Seus óculos escuros não me permitem ver se está dormindo. Imóvel, as pernas longas esticadas relaxadamente sobre a toalha na areia. O Sol chegou forte, hoje, mas o vento ainda frio do inverno que já está no fim alivia o ardor das peles bronzeadas. Na verdade, da dele. Negro retinto, luzidio, reflete a luz como um espelho, quase me vejo nesse brilho.

Josias é meu prolongamento. Estamos juntos há seis longos anos, apesar de nossa diferença de idade. Não sei como chamar o sentimento que nos une. Por que ele ainda está comigo, depois de tanto tempo? Amizade? Solidariedade? Interesse por aquilo que um tem a dar para o outro? Amor? Nunca um gesto de impaciência, uma palavra agressiva, qualquer ponta de irritação com as minhas exigências.

Há pouco pensou que eu dormia e correu até o mar; atirou-se corajosamente nas enormes ondas geladas. Eu supunha que estariam geladas, o mar aqui é sempre muito frio. Desaparecia por alguns instantes, cada vez mais longe, e logo voltava a emergir a cabeça. Passou a rebentação e eu percebi que, de lá, me olhava com um pouco de cuidado. Eu supunha. Poderia estar pensando se eu dormitava ou se estaria precisando dele a meu lado. Não, Josias, aproveite esse mar desafiador e vença-o com suas braçadas de atleta. Basta-me olhar para você, sua mocidade alimenta os meus devaneios.

O calor me deu sono, fechei os olhos. Penso que adormeci por alguns minutos. De repente, alguma coisa estremeceu a minha cadeira. Acordei assustado. Vi um rosto de mulher, sorridente, mas preocupado. Raro por aqui haver gente.

— Desculpe, senhor, meu neto errou o chute, machucou?

Apenas movimentei a cabeça em sinal de "não". E sorri, um sorriso que acrescentava um "Tudo bem". Apenas olhei-a, admirado com sua irradiante juventude. A vontade era me derramar em elogios:

— Neto? Mas você, tão jovem...

Jovem não, madura, me pareceu, mas no ponto: seios lindos, os mamilos quase à mostra fora do biquíni, algumas rugas discretas, mapa familiar de caminhos trilhados, ah! Como sei!

Percebi Josias ao longe começando a sair do mar. Antes que ele chegasse, a mulher sorriu desculpando-se ainda uma vez. Ajoelhou-se bem próximo a mim para pegar a bola prensada entre minha cadeira e a areia. Tão perto que eu podia ouvir sua respiração ofegante, sentir suas veias latejando pelo esforço da corrida. Eu alargava as narinas para sentir melhor o perfume ácido e excitante do seu suor. Ela se afastou caminhando com leveza em direção ao menino que a esperava ali perto com as mãos na cintura, olhar interrogativo.

Acontece, pensei, praia é isso mesmo. Quer conhecer alguém? Solte a sua criança e faça a ponte. Ou o seu cão, como eu costumava fazer.

Josias chegou. Sem dizer nada, certificou-se de que tudo estava bem. Enxugou-se na toalha branca, um contraste deslumbrante com o negro de sua pele. Sorriu para mim com seus dentes perfeitos iluminando o rosto tão familiar e querido. Colocou os óculos, estendeu a toalha na areia e deitou-se como um lagarto imóvel a meu lado. Tantos anos, Josias. Como não amar aquele sorriso... Fechei os olhos mais uma vez, curtindo o calor inesperado da manhã enfim ensolarada depois de tantos dias de chuva torrencial.

Ficamos assim por algum tempo. O que significa o Tempo, agora, para mim?

A lembrança do outro sorriso, há pouco derramado sobre o meu rosto imóvel, tinha me perturbado profundamente. Jogou-me no passado, me fez mergulhar em memórias doces e dolorosas. Ela se parecia com Inez, a última das amadas, antes de Josias ter assumido o controle de minhas intimidades. Em outros tempos, eu teria sugado a Vida pelos lábios dela. Eu a teria levado para um banho de mar, nus, em alguma praia deserta, mais do que esta, eu a teria envolvido em meus braços com a segurança de minha sedução, de minhas mãos capazes de tocar, como ninguém, um corpo de mulher. Era o que elas diziam, sempre, exaustas com meus beijos e trepadas sensacionais.

Muitas me chamavam de "gato", meu apelido dos tempos de faculdade. Eu era ágil, esportista, de bem com a Vida. E tinha olhos azuis, rasgados, presente dos avós dinamarqueses. Como não amar a Vida com aqueles olhos sempre molhados de paixão? Gostava de mulheres mais velhas, sábias, vividas, mulheres com histórias marcadas nos primeiros fios de cabelos brancos e nas primeiras rugas se formando no canto das pálpebras. Como Inez.

Abro os olhos vagarosamente. Procuro a figura da mulher com seu sorriso inesquecível. Já tinha ido embora. Não percebi quando. Teria sido um sonho? Vejo que Josias se levanta e começa a dobrar nossos pertences com sua habitual delicadeza. Pelos olhos semi-abertos acompanho seus movimentos.

Ele é meu tudo. Não quero mais ninguém por perto. Nem os filhos, nem os amigos, nem os netos. Ele me basta. Viemos viver, só os dois, nesta praia quase perdida no mapa, ao Sul, o mar rolando pela areia limpíssima, onde posso viver o resto de meus dias neste silêncio a que me condenei. Eu mesmo fui buscar meu destino, certamente não traçado pelas fadas madrinhas, naquele acidente estúpido. Que me roubou Inez... que me perdeu de mim...

— Doutor, está na hora da sua físio. Quer aqui mesmo? Está tão bom este solzinho de inverno, não está?

Enternecido, olho para ele. Tento balbuciar um sim, mas só minhas pálpebras dizem que é uma boa idéia. Josias traduz meu esforço: despeja uma farta porção de óleo nas mãos, esfrega as palmas brancas e mágicas, e começa a massagear meu corpo inerte e inútil.

Fecho os olhos e deliciadamente penso no sorriso da mulher e nas mãos de Inez depois do amor, subindo e descendo leves, carinhosas, por meu peito nu.

Deus não existe

Já eram seis horas, ainda tinha que passar no hospital. A discussão com os alunos tinha sido quase uma briga de foice, a turma era forte, foi difícil acalmar os ânimos. Mas ele estava feliz: certeza de ter motivado os jovens a aprofundar o tema. Gostava de desconstruir as ideias provincianas e limitadas de alguns, alienadas de outros, desvelar novos caminhos mais profundos nas suas cabeças desfocadas de qualquer reflexão filosófica.

O faxineiro abriu a porta devagar:
— Posso entrar, professor? Quer que ajude? Já é tarde.
— Quero, sim, Firmino, me ajude a enrolar estes fios, por favor.

Durante um minuto, trabalharam em silêncio.
— Desculpe a pergunta, professor, mas sua menina já foi operada?
— Já, sim, Firmino. Obrigado, agora temos que esperar uns dias para saber.

Inquieto, o faxineiro abaixou-se para guardar os fios nas caixas. Ousou:
— Se agarre com Nossa Senhora de Fátima, professor, se agarre com ela, que ela é milagrosa, — fala direto com Deus!!!
— Deus não existe, meu amigo! Eu não acredito em Deus.
— Mas Deus acredita no senhor! — falava com a convicção de um pregador no púlpito.

Antonio sorriu, provocou:
— Quem lhe disse isso, rapaz?
— O padre aí da igreja. O senhor sabe que eu assisto missa todo dia, não sabe? Quando não dá de manhã, vou de tarde, não passo sem minha rezadinha pra ela.
— Ela?
— Nossa Senhora de Fátima! É mãe, professor, ela é mãe! Vai lá, se agarra com ela.

Inventário das sobras

Antonio se emocionou com a segurança inocente e tão primitiva do outro.

— Desculpa, professor, o senhor deve de 'tá cansado, e eu aqui, falando, falando... — baixou a voz

— Deus não existe... — agora parecia irritado:

— E o Inferno pra quem não acredita também não existe?

— O Inferno são os outros, Firmino.

— Que que é isso, doutor? Vira essa boca pra lá! Minha mulher, meus filhos, ninguém é Inferno, eles são meus anjos, eles são meu ceu, não meu inferno... por isso é que todo dia vou agradecer pra Deus... e de joelhos!

— Está bom, meu amigo. Obrigado pela ajuda. Desculpe atrasar você para a missa.

Firmino recuperou o sorriso:

— Não, professor, eu já fui, hoje de manhã. Agora vou direto pra casa que é aniversário de minha caçulinha.— Guardou as caixas no armário.

— Felicidades para sua menina... e até quinta! Pode fechar tudo, meu amigo, também já vou indo. Tenho que ver se está tudo bem lá com minha filha.

Pensativo atravessou a praça, entrou no bar, pediu um capuccino, Fraco, por favor! a úlcera tinha voltado a incomodar.

Desceu pela escada rolante, de metrô chegaria mais rápido. Tinha medo do que iria saber dali a pouco. A vida não tem sentido nenhum, o homem inventou Deus para que Deus o inventasse, é tudo gratuito. — as ideias voltavam desorganizadas em sua cabeça:

— Esse é o absurdo da vida, nós é que temos que fazer nossas escolhas e arcar com as consequências. Deus não existe, definitivamente — mesmo em pensamento, escaneava as palavras:

— Deus/ não /existe!!! O que vai acontecer, / vai /acontecer.

O metrô encostou, partiu. Sem ele. Ficou na estação, só, parado. Precisava urgente de um café. Voltou à escada rolante, subiu. Com passos firmes atravessou a praça. Na igreja, ainda se ouviam vozes desafinando cantos.

Entrou.

Rua vazia

Desliza o olhar sobre a mesa: a toalha muito alva de renda, uma caixa de prata, o porta-retrato em que ele e Renata sorriem envoltos no tule ridículo de um passado agora tristemente romântico. Ao lado, o livro que ela estava lendo quando toda a tempestade chegou.
— E então?— ela pergunta com firmeza, sem se voltar. Apenas estende a mão, apanha o livro, o gesto acabado e preciso de quem sabe exatamente o caminho a seguir. Sempre soube que eu estaria ali quando ela dissesse: E então?

Ele mesmo tinha se plantado naquele lugar, dezoito anos atrás. E as raízes lhe pesavam tanto que, para sair, certamente teriam que cortá-lo rente ao chão. Derrubado a machadadas, um tronco sofrido, os galhos inertes, inúteis. Sentia já a dor nos tornozelos. Tão forte que as têmporas lhe latejavam. Ou seria por causa daquelas malditas vozes que sussurravam em seus ouvidos, dia e noite, sem trégua? Renata também sabia disso. Mas era forte. Até que ponto para ver sua derrubada sem pestanejar?
— Não sei, Renata, não sei. Sugira você.

No hall, as malas prontas aguardam. Renata ali, obstinada, imóvel defronte a janela à espera do taxi, braços cruzados, os lábios, que ele não vê, certamente esmagados. Bem seu estilo. Olhar duro, limitado pela rigidez impermeável de quem já desistiu.
— Não sei, Renata, não sei, as vozes repetem em coro, dentro dele, sem parar. Na verdade, ele nunca soube, nem mesmo agora que se tratava de ser mutilado, de morrer talvez a golpes de machado. Sobretudo agora... Sugira você, sugira você... repetia o eco dos bem--aventurados de espírito. O eco se desdobrando ao infinito, suspensão provisória da necessidade de pensar.

Desta vez, ela volta a meio o rosto, mas não os olhos, fixados, esses, além dos vidros, além das árvores, além deles dois.

— Pelo amor de Deus, Maurício, você tem de saber. Pelo menos desta vez diga alguma coisa. Cansei, entende? Cansei.

Agora já não é mais possível adiar, ele pensa. Ela me estrangula em minha própria árvore. Os pés dependurados, balançando leves. A língua contorcida para fora da boca escancarada... Triste figura faço! Sente sede. Gesto inútil, tenta molhar os lábios um pouco a medo. Espero que ela não perceba que estou aqui, morto, balançando sem vento... um calor horrível. Sente-se muito incômodo naquela morte solitária.

— Você sabe, Renata, a gente já conversou tantas vezes... Eu tento, eu tento, mas não consigo... Eu pensei que estava tudo bem, que você tinha entendido... Renata entender... Não lhe convinha e pronto. O ataque era sempre a defesa dela.

Ela sabe que eu estou aqui, atônito, sussurra entre soluços mansos, eu mesmo me deitei a seus pés, inodoro, inativo, incolor. Um só movimento e estarei morto, esmagado sob seu salto. Meu ventre vai se romper de novo.

— Leva as mãos em concha, tensas, tentando segurar as vísceras que logo escorreriam frias e brancas como nas baratas esmigalhadas.

Mas ela não se move, nem mesmo ao som dos soluços mudos que finge não perceber. Continua ali, parada, as costas largas interrompendo a visão da rua. Uma rocha, Renata. Dentro dele, cresce a cada minuto a consciência de sua pequenez.

— Acho que sempre entendi, não é, Maurício? Apesar de tudo, — frisa o "tudo" que os dois sabem ser a incompetência dele — foi bom durante algum tempo, não acha? Mas agora, em nome de quê continuar? A gente segue amigo, sempre pronto...

O ar desconchavado dele não consegue movê-la. Novamente aquele maternalismo tão seu...

Primeiro é só uma aguilhoada, lá no fundo. Depois, amor e ódio antigos somados, crescendo incontroláveis dentro dele, explodindo pelas orelhas, descendo em lágrimas, queimando as mãos crispadas.

— Se um dos dois precisar é só telefonar, não é? Você bem sabe, agora não dá mais. Cada um segue o seu caminho...

— Está bem, Renata, cada um segue o seu caminho. — Só o que consegue murmurar.
Cada um segue o seu caminho? Só? Sem ela? Não mais o sorriso irônico e superior? Não mais a sufocação de sua presença, mesmo ausente? Mãos e dedos imaginários se fecham obstinadamente sobre seu pescoço. Até o fim do gesto, seria preciso um século para esmagar o aço de sua fortaleza...
—Não, não, isso nunca...
O silêncio não poderia resolver nada. O vácuo, sim, diria não. Mas o silêncio, esse, grita e atinge o cerne de sua mágoa. Ela tem os lábios novamente trancados, duros, aparentemente inexpressivos. Um único vestígio — seria? — nos olhos ligeiramente inchados, um pouco vermelhos? Não. Certamente é engano seu.
Nem por um segundo ela parece vacilar. Num último relance, frio, distante, lentamente fixado em cada detalhe a ser deixado para trás, ela passeia um olhar de despedida através dele, imóvel ali em sua mudez impotente. Em pouco vai girar a maçaneta com firmeza, os passos na escada, o ronco do motor perdendo-se no silêncio da noite. Ele, só, dentro do cenário que construíram juntos...
Num bocejo abissal abre-se o chão por baixo dos seus pés. Fogem-lhe os limites de si mesmo. Sente-se engolido vagarosamente. De segundo em segundo ele mergulha mais fundo no vazio movediço... As vozes berram que não há tempo, é preciso se apressar. Prontamente obedece. Estende as mãos, os dedos agora se fechando obstinadamente no pescoço dela. Até o fim do gesto, um século para esmagar o aço de sua fortaleza...
Um saco inerte tomba. Fala, ela não responde. Grita, ela não está. Pode ver a rua agora... Vazia, sem ele, sem Renata... Por quanto tempo fica ali, sem ação?
Depois, lentamente desce a escada, abre a porta e respira o ar frio da noite como prêmio para o gesto enfim acabado. Lentamente fecha a porta atrás de si. Certifica-se de que ninguém o vê e mergulha aliviado no silêncio da rua escura.

Roteiro

VENDE-SE MATERIAL USADO — EM EXPOSIÇÃO — O cartaz afixado no muro surpreendeu Marina. Sabia que a casa estava à venda — por isso veio — mas não que seria demolida. Já não lembrava há quantos anos ela tinha partido por conta dos cursos de cinema, uma vocação inesperada. Só tinha conseguido mergulhar de verdade na profissão depois da morte da mãe. Nunca mais voltara ali. Abriu o portão. Como lhe parecia pequeno agora. Ela e os irmãos costumavam escalar as barras de ferro com alguma dificuldade, teriam trocado por um menor?

— Ou eu é que cresci? — Atravessou em alguns passos o jardim abandonado, vegetação morta, terra pura. Só o pessegueiro, à direita da casa, sobrevivia frondoso, testemunha de aventuras perigosas, desafios para ver quem subia mais alto, tombos, braços quebrados, dor de barriga de tanto comer fruta verde antes que os passarinhos levassem a melhor. Que saudade!

Parada embaixo da copa densa, sentiu-se literalmente assaltada por suas memórias da infância, nítidas, vibrantes. Doces, apesar das dores. Curioso: o passado mais recente chegava sem cor, esmaecido. No entanto, tinha deixado a casa já depois de adulta.

No terraço, um velhote sentado cochilava esperando clientes interessados naquelas antiguidades — ou velharias? Ele não percebeu sua chegada, ela passou em silêncio, entrou na sala vazia, pouca coisa tinha sido mudada, só a janela era maior, modernamente chegava agora ao chão, abria para o jardim lateral. Sentia o cheiro das tabuas grossas do assoalho, encardidas, porém as mesmas, alargava as narinas, o perfume da madeira era real.

Passou para a cozinha. Também ali, tudo continuava igual.

— A demolição vai começar na próxima semana. — O homem tinha acordado, desculpou-se. — É tudo material de primeira, à moda antiga, madeira de lei... — ele deslizava a mão suavemente pelas portas, conhecedor. — Hoje ninguém mais dá valor. A senhora está vendo? — Sim, estava, e como! Ela conhecia cada detalhe, cada irmão tinha gravado o nome em uma delas.

— Esta é minha! — O seu rabisco estava ali, tinha se apossado da porta da cozinha, o lugar mais querido da casa.

— Se tiver interesse por alguma delas, é só me chamar, os preços estão nas etiquetas.

Ela sorriu melancolicamente encantada: que preços teriam suas recordações?

— Quanto podem valer tempos tão felizes?

O som da infância crescia em sua cabeça. Ouvia o canto da mãe. Tocou a pia, tentou abrir a torneira antes dourada, sempre polida:

— Abre pra mim, Rafael, não alcanço... — mas a torneira girou em falso, sem água.

Marina fechou os olhos. Como num filme, — se dizia — estou aqui dentro de um roteiro, nossa vida aqui se oferecendo de bandeja... Morangos silvestres? Pode ser. E daí?

Recuperava detalhes. Uma vez por semana, iam todos para a cozinha, hora de ajudar a fazer a sopa, não uma qualquer, mas a "minestra da nona", como era chamada a sopa tradicional da bisavó. A mãe, matriarca à moda antiga, sempre de avental limpíssimo, pele muito branca, seios redondos, cabelos ruivos, crespos, presos na nuca em um birote, alguns fios escapando por baixo do lenço amarrado à volta da cabeça, era a última remanescente de uma típica família de imigrantes italianos. Gostava de cantar enquanto trabalhava. E de rir. Mistura fascinante de autoridade, doçura, determinação, alegria...

— Mãe querida, a bruxinha que era boa...

Todos falavam ao mesmo tempo, e alto, cada um cumprindo sua tarefa. A mãe, cantando e dando ordens, limpava as carnes, o frango, picava tudo na água fervendo do caldeirão. Rafael cortava as cebolas, os tomates, o alho-porró, com faca afiadíssima, era o mais velho, sabia usá-la com maestria.

— Quem poderia imaginar, Rafael, depois, pianista famoso...
— Marcela preparava as cenouras e as batatas, Gigio cuidava das verduras, esticava-se na ponta dos pés, os braços ainda curtos sobre a pia tentavam alcançar a torneira. Ela, Marina, era sua assistente: separava orgulhosamente as folhas verdes e os feijões para o irmão lavar.

O pai chegava infalivelmente às sete. Era sexta-feira, o dia em que voltava para casa, uma festa. Melhor que isso, só Natal. Trazia da fábrica uma caixa enorme de chocolates.

— Para as crianças, — dizia sempre o gerente. A expectativa semanal daquela chegada barulhenta e tão doce em beijos, e muito chocolate, era o motor da alegria e do berreiro em volta da pia e do fogão.

E então, todos juntos, na maior algazarra, arrumavam a mesa.
— A gente era uma "família-margarina, huummm, que delícia!" e não sabíamos...

Daí, o pai abria o pacote mágico e enchia uma vasilha funda com aquelas maravilhas. A distribuição, esperadíssima, acontecia depois.

— Primeiro a minestra da nona, — ele bradava com o vozeirão poderoso que todos amavam. E a mãe iniciava o ritual: enchia cada prato com a sopa rescendendo a salsão, alho, cebola, receita passando de mãe para filha há quase um século, semanalmente repetida ali, tão longe de suas origens. Às vezes, o pai se punha colado atrás dela, beijava-lhe o pescoço, e juntos seguravam a concha, ela ria meio sem graça, as crianças também riam, excitadas.

— Comíamos tudo! Preciso relembrar essa receita. Como nunca mais pensei nisso?

Rafael conseguiu uma bolsa de estudos, longe. Partiu, casou por lá, demorava a voltar, vinha amoroso, mas sempre por pouco tempo. A mãe continuava a preparar o caldeirão enorme.

— Pode chegar mais alguém, — dizia. Não chegava. Guardava para o dia seguinte. Gigio morava do outro lado da cidade. Capitão

da Marinha, viajava muito, quando voltava de longas estadias no mar se enroscava com a mulher e os filhos, saudosos.
— Como nós, quando o pai chegava. — E a sopa continuava a esperar por mais uma ausência. Marcela se apaixonou pela causa indianista, ela dizia, choraram muito quando se despediu, a mãe suportou bem, afinal era o que a filha mais desejava. Mas a sopa era sagrada, a mãe continuava a fazê-la com fartura. Era sexta-feira de manhã quando o pai morreu. Foi a única vez em que o caldeirão ficou vazio. Foi assim. Até o final foi assim.
— Mãe, agora somos só nós duas, pra que tanta sopa? — É, mas pode chegar um deles, melhor fazer bastante. — Depois, distribuía as sobras para as vizinhas. E ensinava a receita.

Marina abre os olhos, tocada por aquela avalanche de memórias: difícil separar o ver pessoal e o ver profissional, difícil separar as emoções recuperadas da menina e as emoções da cineasta em tempo integral pulsando dentro dela. Tenta agora recuperar o olhar sempre esperançoso da mãe. Procura a mesa no espaço vazio. O passado ali, presente, todos falando ao mesmo tempo, o pai já vai chegar, a mãe girando a colher de pau dentro do caldeirão, o vozeirão do pai entrando, a minestra da nona esfumaçando a cozinha, o perfume dos temperos daquela sopa mágica...
— Minha câmera! — Abre a bolsa, pega a máquina, começa a registrar o pouco que resta, as paredes, o armário, a torneira de cobre azinhavrado, o chão, o teto, as janelas, o fogão, — Ah! o fogão! — o cenário do roteiro que explode pronto em sua cabeça. Pára, emocionada, prenhe de imagens. — O caldeirão cheio, fumegando na mesa, a mão direita da mãe, a do pai chega e se agarra à dela servindo os pratos fundos, só as mãos com a concha, só os pratos, a sopa, a fumaça, o perfume, — como fazer as pessoas sentirem o perfume, este que sinto agora, tão real,— aquele berreiro todo de nossas vozes em off. A receita rolando sobre as imagens... Então, cristalizo as mãos servindo, a fumaça, fica o som, o canto da mãe fica, cristalizo o passado... É isso!
Em letras grandes:
PARA MEUS PAIS, COM GRATIDÃO.

Sublimes palavras

Foi seu momento insone desta madrugada, meu criador, que resultou nesta conversa: senti uma inadiável necessidade de me materializar, de aparecer.

(Abro aqui um parágrafo: peço a você, leitor-vir-a-ser deste romance que meu autor anda compondo sem conseguir chegar a um final um pouco menos sofrido ou indecoroso para mim, seu personagem principal, alvo de andanças pelos arquivos do Estado e pelos relatos históricos dos anos sessenta, peço a você, retomando a frase que deixei pelo meio, que cobre dele estes dados que vou deixar aqui registrados, se nada do que vou contar seja por ele colocado na obra, pois são estas pequenas histórias que me farão mais humano. Do meu lado subversivo ele já levantou uma pá de informações. E basta! Volto a falar com ele:)

Você, meu criador, anda dialogando comigo vinte e quatro horas por dia, nem dorme direito, acha que dá para alinhavar momentos da minha vida e criar sua ficção como se eu, personagem, tivesse existido de verdade. De verdade, existo, em sua cabeça esquizofrênica. Tudo bem. Pensei em ajudá-lo relembrando alguns desses momentos que, embora fictícios, nunca foram explorados por você. Para isso o convoquei. São significativos, use-os, me faça mais completo. Leitores gostam de detalhes.

Então, escreva isto, algo em que você não havia pensado: já nasci poeta. E meio filósofo; desde muito pequeno, já perturbado com a metafísica, ficava olhando embevecido umas figuras de plástico que giravam penduradas sobre minha cabeça. Eu, bebê, deitado no berço, olhos fixos naquelas formas ainda desconhecidas, refletia e balbuciava sem emitir nenhum som inteligível: "E pur, si muove!..."

Não é lindo isso? Alguns aninhos depois, "Quem somos? Por quê? Para onde vamos?" perguntas que costumam brotar na adolescência, já me assaltavam enfurecidamente, muito antes de ser alfabetizado. Minha mãe, amorosa e paciente, chegava o cobertor bem perto de minhas orelhas. Sorria, "Bobagem, filhinho, vire pro canto e durma".

Eu tentava explicar meu pânico, mas teria que esperar muitos anos, ainda, para ver minhas angústias equacionadas, mas não resolvidas, pela Física Quântica:

— Não consigo, mãe. Se eu dormir, Deus acorda e me apaga do sonho dele, como eu faço com os hominhos que estão aqui na minha cabeça quando eu sonho. Deus me apaga, puft! Eu desapareço, você desaparece, o papai também desaparece...

Preste atenção, meu caro autor: aquilo não era conversa de criança. Aquilo era muito doloroso. Mas muito, mesmo. Era um medo recorrente. Eu tremia, as pernas encolhidas, parecia um tatu-bola enrolado ali na cama, sem lágrimas, apenas um bafo gelado deslizando pelo pescoço.

— Veja como isso se encaixa bem com a vida política que eu iria abraçar mais tarde.

— Quando cresci, passou o medo, mas não a angústia. É duro nascer poeta...

Depois conheci a escrita. Eu podia falar com quem quisesse, sem abrir a boca! Escrever era mágico demais! Catava as palavras no dicionário antiquíssimo, cheirando a mofo, presente de meu avô: amava as mais estranhas, as que dormiam solitárias nas páginas do meu amado livro. E usava-as, desavergonhadamente.

Você está no caminho certo, sou o personagem que queria, mas, por favor, precisa me lapidar. Por isso fico aqui martelando suas idéias durante tantas noites insones, para que você me crie com verossimilhança. Nós, personagens, ficamos putos quando nos fazem incompletos, desconectados ou incoerentes.

Saiba, então, que muito cedo comecei a fazer versos, você ainda não mencionou isso nos seus rascunhos, mas é importante contar sobre minha infância. Cópias, a princípio. Naquela garimpagem dentro do dicionário, eu tinha aprendido a amar palavras obsoletas, desgastadas.

Depois cresci, abracei a poesia moderna, moderna naquela época, e tive que abdicar às "luminescências", "impermanências", "pássaros fantasmagóricos em voos efêmeros" e outros "fulgidos lampejos vocabulares".

É importante lhe fornecer estes dados porque foi assim que comecei a poetar.

Aos treze anos, fiz meus primeiros versos de amor, o mel da paixão adolescente escorrendo de cada letra. Encarapitado em cima do muro, enquanto os outros moleques jogavam futebol no meio da rua, eu, rodeado de meninas, lia poemas, às vezes recitava-os de cor. Foi aí que Linda apareceu, linda, a amada para sempre. Linda tinha onze anos, tranças grossas e doces olhos negros de turca tropical... E eu escandia, tamborilando os dedos, perfeitos decassílabos apaixonados: "Nosso amor vai em ondas energéticas, num fluxo e refluxo incandescente"... Seus olhos se encheram de lágrimas quando ouviu "o fluxo e refluxo de nosso amor" navegando nas tais ondas energéticas. Naquela idade, ninguém sabia o que era aquilo. Mas eu sabia. Afinal, tinha nascido com alma de poeta.

O bonito de nosso amor foi isso: a paixão dela foi primeiro por minhas sublimes palavras incompreensíveis. Só depois me viu, – eu fazia tipo – mal vestido e descabelado como convinha ao papel. Seus olhos se encheram de lágrimas, eu já contei, e Linda me amou assim mesmo. Mas ficou nisso, palavras que eu soltava ao vento lá do meu trono de poeta. Nem um só dedinho meu tocou sua irritante virgindade. Naquele tempo era assim.

Mergulhamos na alma um do outro e caminhamos platonicamente com ternura suprema, desde aquele momento esplendoroso até a fatídica cirrose hepática que iria mais tarde acabar comigo (bem depois das lutas políticas no cerrado).

Cresci. Raspei alguns fios ridículos com jeito de bigode e barba. Foi quando também exorcizei definitivamente as "luminescências" e, definitivamente clean, aprendi que "no meio do caminho tinha uma pedra", que minha cidade era a "Pauliceia desvairada" e que, se um tísico dissesse trinta e três, o médico já podia decidir pela cura ou por indicar que a única saída seria um tango argentino.

Passei, então, a produzir versos e mais versos límpidos e despojados, dedicados aos olhos, aos cabelos, às mãos, a tudo, menos aos desejos de tocar o sexo intocado da imaculada amada. Para os prazeres da minha carne, eu frequentava prostitutas e artistas descoladas. Com todo respeito, sem deixar de amar minha donzela encastelada. Afinal, naquele tempo, puta era puta, donzela era donzela, cada qual no seu ofício. Para todas fiz versos. E fui virando sucesso.

Noivamos. Flores, alianças, a esperança de criancinhas rechonchudas povoando nossa felicidade. Linda e eu. Veja só, quanta emoção para você enriquecer minha biografia, sua nova ficção.

Agora, sim, acrescente tudo que você já escreveu sobre minha vida clandestina. Não preciso reforçar todos os capítulos em que você contou sobre nossa vida nas caatingas com meus companheiros destemidos, mas tão puros e inocentes naquele sonho de esperança. Está tudo lá. Você até já andou inventando a minha morte. "Que após nossa derrota eu bebia muito, de desgosto" Mentira, mude isso também.

Na calada da noite, fui invadido. Por um batalhão de demônios amarelos, poderosíssimos: amanheci totalmente ictérico. Se fosse tísico, tinha dito"trinta e três", fazia um pneumotórax e estava salvo. Mas, não. Morri verde e amarelo, acho que em homenagem à nossa luta. Virei fumaça fosforescente, exemplar. Aquela bicharada me corroeu rapidamente. Verdadeiros inimigos figadais. Perdi quilos, cabelos, tesão. Ai de nós! Para tão grande amor, tão curta a vida! Minha mãe e Linda, unidas e solidárias, até saberem de meu fim, magro e esverdeado, naquela ilha para onde fomos mandados prisioneiros com bilhete só de ida como prêmio por ter acreditado em esperança e liberdade, bobagens de jovens poetas que éramos então. Mas disso você já falou. Minha luta política de guerrilheiro também já está prontinha em suas páginas. Mas eu estava muito incomodado com a falta da poesia, desse meu lado adolescente apaixonado, romântico, por isso lhe dou estas sugestões — anexo vão os meus melhores poemas daqueles tempos, use-os onde achar mais adequado.

Tanto você já pesquisou e escreveu sobre mim. Estou lhe sugerindo aqui algum material novo que você não conhecia. Sei que já acrescentou minhas indagações, meus sucessos, meus fracassos, minhas frustrações, minhas perversidades de adulto, meus acessos de fúria ou de generosidade, esses que você muito bem criou. Com estes dados novos, certamente posso ficar um personagem mais rico, dou pano pra manga. Divague. Modifique. Minta. Afinal, o que é a Verdade?

Estas notas estão assim meio desalinhavadas, bem sei. Mas não é função de retratado botar ordem nelas. Minha participação é só contar alguns fatos para enriquecer o romance que você anda escrevendo. Afinal, o homem maduro é árvore brotada. A semente é aquela que nasceu na alma do poeta filósofo, lá no berço, "e pur, si muove".

Essa parte da minha história foi linda, descreva-a bem e o livro vai ficar mais palatável. Só que você, criador, — e você, meu leitor, — gentes de verdade, um dia morrem. Vocês também recebem um bilhete one way, prisioneiros por toda a eternidade em alguma divina ilha paradisíaca, se a merecerem. Eu, personagem, criatura, sobrevivo. Encadernam-me, cristalizo nas sublimes palavras que você vai tecer, eu fico, real, concreto, enquanto me garantirem um lugarzinho nas prateleiras das livrarias ou nos catálogos virtuais...

O besouro

Quase atropelou o ônibus para ser visto. Conseguiu, ele parou. Entrou carregando a mala de mão que sempre levava nessas viagens. Precisou se equilibrar quando o motorista deu partida, pois carregava também alguns presentes para Carmo e o filho.

Agradeceu aliviado. Se perdesse aquele ônibus, teria que esperar uma hora inteira pelo próximo. Depois da meia-noite era assim, rareavam. Consultou o relógio. Já são quase duas, pensou, ela já está dormindo... e o Betinho também.

Josué tinha conhecido Maria do Carmo quando ela se mudou para o bairro. Vinha do Norte. Transferido pela empresa, o pai trazia algum capital e logo comprou umas casinhas para garantir moradia e subsistência da família.

Ele, um pé-rapado, vendia pipoca na porta da escola e do cinema. Não gostava de estudar, por isso tinha arranjado um bom motivo para abandonar tudo: Quero trabalhar, ganhar dinheiro. Inteligência curta, visão estreita, só deu mesmo para comprar o carrinho de pipoqueiro. Sobrevivia, e só.

Logo se apaixonou pela estudante gorducha, muito branquinha, cheia de vida. Nos seus sonhos e devaneios, Maria do Carmo aparecia nua, rindo muito, se oferecendo dadivosa, envolta em tules e incenso.

Mas não foi bem assim que aconteceu. Atracaram-se aos beijos e amassos numa noite sem Lua, atrás da igreja. Daí, para prenhar a moça, foram só mais dois encontros alucinantes. O pai, feroz, descobriu quando ela, enjoando muito, passou a se trancar no quarto, sem querer falar com ninguém, nem mesmo com a mãe chorosa e meiga. Entre chamar a parteira e matar a criança ou derrubar a machadadas aquele filho da puta estuprador de virgens, ou ainda chamar o padre para fazer o casamento, titubeou. A mãe, determinada, optou por fazer a festa dentro da igreja, entre lírios, tules, incenso e rendas, como o pobre infeliz tinha sonhado. E lhes deram a casinha lá no fim do mundo. Derretendo-se em lagrimas, entregaram a filha no altar ao pipoqueiro.

Assim começaram a vida, castigados com pouquíssimos proventos, e assim nasceu Betinho. Josué, então, redobrou suas horas de trabalho, porque era ignorante, mas não irresponsável. Penalizado, o próprio sogro, agora avô babão, vendo que efetivamente se amavam, arranjou-lhe aquele posto, um pouco mais promissor, de ajudante de caminhoneiro.

Vinha agora com muitas saudades. Desta vez a viagem tinha sido longa, cheia de imprevistos. Enfim, tudo se arranjou e ali estava, exausto, moído, mas feliz por voltar após um mês de ausência.

Viajar sempre, ficar longe da amada era o seu castigo. Carmo, cada vez mais sedutora e libidinosa, excelente cozinheira, amarrava os desejos dele ao pé da cama e do fogão. Cada vez que saía, era só o que ele desejava: se envolver em seus braços e passar a noite inteira rolando no colchão, depois de algumas das suas delícias culinárias, claro.

Dois ônibus para chegar em casa. No primeiro aguentou bem, no segundo caiu no sono e foi preciso ser acordado pelo cobrador no fim da linha: Hei, amigo, vai dormir na cama que deve ser bem mais macio, brincou o moço.

Pendurou os pertences equilibrados em cada mão e desceu. Mais quinze minutos a pé e já estava chegando em casa. Na casa que o sogro emprestou para eles morarem.

Apesar do cansaço, só pensava, excitado, na posse das delícias dela. Os presentes e a mala pesavam cada vez mais. Parou um pouco, retomando o fôlego. Observou vagamente um carro não conhecido na porta do vizinho da esquina. Carro novo, pensou, tenho que me virar pra comprar um também. É tudo que a coitadinha deseja. Empurrou o portão do jardim e soltou a bagagem na porta da rua, enquanto vasculhava os bolsos procurando a chave. Abriu, pulou sobre a mala para entrar. Ela esqueceu a luz da sala acesa, murmurou.

Sobre a mesa, um enorme besouro se contorcia, de pernas para o ar, tentando virar-se. No cinzeiro, um cigarro fumado a meio.
— Carmo! chamou baixinho para não acordar o filho.
Amarrando o robe de cetim rosa, que guardava para as datas festivas, Carmo surgiu do quarto sorrindo alegre. Beijaram-se cheios de saudade.
— Oi, Zé, que bom que você chegou! Eu só te esperava na quarta-feira... Tu deve estar mortinho... Vem cá, te faço um café com leite. Ou você prefere omelete? acotovelava as perguntas:
— Prefiro omelete, Bem. E o Betinho?
— Pai levou. Pegaram o menino e foram para a praia. Amanhã trazem ele.
Ele pegou a bagagem e fechou a porta da rua.
— Tu anda fumando, mulher? apontou o cinzeiro antes de passar para a cozinha.
— Só de brincadeira, ela disse rindo, experimentei, mas detestei.
Encheu dois copos de cerveja geladinha e sentou-se no colo dele, envolvente. Bebia em pequenos goles, e lhe oferecia a espuma branca presa nos lábios carnudos. Sem nenhuma aversão, beijava apaixonadamente o rosto suado do marido.
— Tantas saudades, Benzinho! Que bom que você voltou mais cedo.
Os beijos e o omelete são só o começo, ele pensou. Quando passaram de volta pela sala, viu o besouro, gordo, cascudo, vencedor: tinha caído no chão e caminhava tranquilo em direção à porta semiaberta.
— Podia jurar que fechei essa porta com chave, ele disse escancarando-a totalmente.
— Com certeza, não, querido. Acho que o vento abriu ela de novo... Feche agora e vamos pra cama. O besouro, já refeito, levantou voo e sumiu na noite escura.
— O vizinho tá de carro novo, Carmo? alargando o olhar tentava examinar a rua.
Que eu saiba não, ela respondeu. Desamarrou o robe de cetim, provocou: Vem dormir, amorzinho, vem. Deixa tudo aí. Amanhã eu dou um jeito.

Inventário das sobras

Desabaram sobre a cama. Ele enroscou as pernas no corpo nu da mulher e se desculpou, malicioso:

—Tá bem, amor, amanhã também dou um jeito nisso aqui, prometo, apontava seu cansaço. Ela riu, concordando, e se abraçaram mais uma vez.

Em um minuto ele já dormia e sonhava: viu a casa como um barco, navegando à deriva em águas eriçadas para longe dele. Impotente, procurava perceber no convés a mulher e o filho. Somente um enorme besouro de pernas para o ar, na proa, gargalhando sem nenhum som, tentava se agarrar a qualquer coisa que ele não via. Acordou angustiado, e o pesadelo se dissipou. Apertou o corpo quente a seu lado. "Amanhã... amanhã... pensou vagamente. Exausto, mergulhou de novo em sono profundo."

Shuludrim

*"Tudo que morre teve antes um objetivo,
uma espécie de atividade, e assim se gastou."*

Franz Kafka

Quando Shuludrim apareceu do nada, ninguém poderia imaginar que tal figura traria tanto desassossego e tanta calmaria a todos os presentes. Não era grande nem muito forte, estatura suficiente para ser quem parecia.

Era doce e os olhos, que não se viam, embutidos que estavam nos panos ao redor das protuberâncias vicinais, os olhos eram os mais contundentes. Embora ocultos, permitiam desenrolar impressões totalmente imprecisas de suas formas arredondadas.

O corpo desdobrava-se em duas ou três pequenas molas envolvidas por tubos prateados, o que lhe dava uma enorme flexibilidade e mobilidade para subir e descer pela corda. Sim, porque havia uma pequena corda imaginária que o prendia ao teto e, por ela se deslocava com segurança. Seus movimentos ondulantes deixavam a todos maravilhados.

Fixado naquela deliciosa criatura tão misteriosa, percebi quanta similitude com as duvidosas incoerências humanas.

Junto a ele, um velho magro, altíssimo, balbuciava palavras a princípio desconexas e ininteligíveis, e tangia uma vara fina em movimentos circulares, tocando levemente o corpo de Shuludrim. O pequeno sacudia-se a cada varada, subia rindo às gargalhadas, silencioso e sarcástico. E descia com a paz dos cordeiros. Antes, porém, chorava muito, e suas lágrimas enchiam potes e potes de mel, o mel das palavras do cosmos. O velho tinha se colocado bem no meio, por isso ia girando o corpo lentamente em sentido anti-horário, o que nos deixava um pouco atordoados. Olhando fixamente nossos olhos, com incomum profundidade, mal sabendo que já intuíamos quem eram eles, enfim disse, só então nos apresentando aquele que seria o ator principal de sua performance:

— Este é Shuludrim, e meu nome é Mago, o mago. E estamos aqui, hoje, Shuludrim e eu, trazidos pela corrente energética dos incontáveis apelos que nos enviaram. Quantos, entre vocês, estão nos vendo como somos, só o futuro poderá dizer. Conselhos, disciplina, renúncias, palavras ocas, um oceano de demonstrações fanáticas nada purificadoras, embora contundentes, para que servirão? Percebo no olhar de cada um a paixão e a nostalgia em busca do reencontro, esplêndido, anárquico, aventura infinita que supera vales, montanhas, espaços siderais, levando-os incansavelmente à vertigem da peregrinação ilimitada. Espero que registrem este momento de forma indelével e perturbadora — para sempre perturbadora. Para isso venho com Shuludrim. Como vocês podem ver, ele é a imprescindível ilustração de minha mensagem em resposta a seus questionamentos. Alegorias? Metáforas? Que sei eu, que nada sei? Portanto, nada mais preciso dizer.

Então, calou-se, esperou Shuludrim descer e, lentamente, envolveu a criatura com seu largo manto colorido. E não disse mais nada. Ficaram ali girando, por horas e horas, o pote de mel protegido a seu lado. Cansados, em silêncio, pouco a pouco fomos nos retirando.

Nunca mais eu soube de Shuludrim, nem do mago. Quando hoje me lembro deles, sei o quanto tudo isso foi marcante, pelo menos para mim.

E penso que é por isso que escrevo histórias. Estas, por exemplo.

Depois de tudo, uma explicação

Estava na hora de abrir gavetas e fazer o inventário das sobras de uma longa caminhada que começou há oitenta e seis anos. Estava também na hora de publicar algumas das tantas histórias ali guardadas. Assim nasceu esta coleção de contos, muitos deles produzidos em oficinas de escrita criativa.

Sou professora, desde que me lembro de ser gente. Aos oito anos montei minha primeira escola sobre caixotes vazios e um quadro negro precário, no "quartão" onde brincávamos. Meus dois primeiros alunos — e cobaias — meus irmãos Nelson e Heitor, com apenas três e cinco anos, aprenderam a escrever e a fazer contas. Meu sucesso, porém, veio de braços dados com meu primeiro fracasso, sofrido: não consegui alfabetizá-los para a leitura. Foi o que marcou para sempre minha vida de professora. Por quê? Onde eu tinha falhado? Eu, e não eles, pois nos anos seguintes, já no Grupo Escolar, tornaram-se excelentes leitores. Com certeza nasceu ali minha busca das estratégias didáticas para levar o aluno ao aprendizado. É como trabalho até hoje: descobrir suas dificuldades, ir até onde ele está e caminhar junto, acreditando que é possível fazê-lo amar nosso idioma, as palavras, a leitura e a escrita, como nossa maior fonte de crescimento.

Deixo para cientistas e pesquisadores o dificílimo caminho da Teoria Literária. Bebo em suas fontes, mas, como dizem os jovens, "essa não é a minha praia". Sou fascinada pelo fazer, cara a cara com o texto, pela prática, pelo criar "ganchos" a fim de fisgar o aluno para que goste de ler e de escrever.

Escrever é pintar com palavras. Elas são o desafio. Ainda há infinitas histórias para serem contadas. Gosto de escrever histórias curtas, flashes de momentos. Momentos de coragem, de covardia, de reflexão e mudanças, de generosidade, de dor ou alegria, de decisões e deslumbramentos... Captar um olhar, um gesto, um sentimento intensamente vivido, minutos apenas de cada vida. Fragmentos. Gosto de aprisionar, com palavras, só esses momentos, como numa fotografia. Por isso, faço contos. Eles me propõem concisão, cortes, síntese. Gosto de escrever em primeira pessoa. Não é autobiográfico, embora, como disse Saramago em entrevista, "Tudo que o autor escreve, de alguma forma está inserido na sua vida, nas suas memórias". Entro na pele do personagem que invento, de qualquer gênero. Mesmo quando assumo o foco narrativo em terceira pessoa, me colo em um personagem e falo do ponto de vista dele.

Procuro dar ritmo, jogar com frases curtas e longas, com palavras soltas, mas significativas. Ausência de verbos, adjetivação inadequadamente abundante, nunca falo com duas palavras o que posso falar com dez... preciso me policiar...

Não busco esta ou aquela qualidade. As coisas saem como chegam. Vou compondo meu "brinquedo de pecinhas" com o repertório que trago de meus verdes e maduros anos, de minhas tantas e tão apaixonadas leituras. Não acho que tenho de ser original, tenho de ser solidária às emoções de meus personagens.

É importantíssimo aguçar um olhar cuidadoso direcionado à verossimilhança e à coesão. Ou ao mistério do imaginário poético. Estou sempre caçando falhas. Sempre insatisfeita com meus textos. A cada leitura, mudo uma vírgula, um adjetivo, um verbo, ou uma frase: entram ou saem, num infindável "jogo de cadeiras".

Gosto de quebrar todas as regras e possibilidades de formar sentido, como no "Ano passado em Marienbad", um dos filmes mais importantes da história do cinema e da minha vida. Despejar as peças do jogo na mente do leitor e "Vire-se! Construa a sua história!" O próprio Alain Resnais diz, na introdução, que cada espectador irá ver um filme diferente, ele não será o mesmo para todos. Assim nasceu "Shuludrim", que o emblemático Odradek, de Kafka, num ímpeto de generosidade me assoprou no ouvido. E eu, com cara de pau polida ao extremo, registrei o sopro e — o que é pior — assinei como produção minha. Para mim, Odradek e Shuludrim são a essência mesma da criação artística, vieram para me fortalecer.

O prazer de criar textos de ficção me faz acreditar nos benefícios das Oficinas de Escrita, da mesma forma que acredito nas Oficinas de Arte em geral: pintura, escultura, música, teatro. Ainda que os alunos não se tornem artistas de renome — ou de qualidade, mas sem projeção no cenário das artes — com certeza eles vão se tornar críticos mais refinados, mais conhecedores da arte que praticam, melhores fruidores, por terem convivido com os processos de produção e seus desafios.

A arte da escrita de ficção nos faz mais empáticos, mais humanos e solidários, mais inclusivos, porque criadores de personagens muitas vezes antagônicos a nossas crenças. Escrever ficção, pela própria natureza do gênero, afina o olhar de psicólogo que todos temos um pouco.

Contos são a minha preferência. Nestes tempos de "fast food", tudo tende a ser rápido, até a arte de escrever. Ouço muitos autores pregarem que "menos é mais", que "escrever é cortar", e outras indicações de economia para se escrever um bom conto. Ou um mini ou micro-conto, com suas propostas extravagantes de contar uma historia usando pouquíssimas palavras e letras. Marcelino Freire organizou o livro "Os cem menores contos brasileiros do século", onde propôs, a cem renomados contistas, escreverem um texto de até cinquenta letras, como se fossem "pílulas ficcionais":

"— Lá no caixão...
— Sim, paizinho.
— ... não deixa essa aí me beijar."
(Dalton Trevisan)

VIGÍLIA
"Pronto nos olhos,
o pranto só espera a notícia."
(João Anzanello Carrascosa)

CONFISSÃO
"— Fui me confessar ao mar.
— O que ele disse?
— Nada."
(Lygia Fagundes Telles)

Não sou um dos cem autores, mas ousei:

DESENLACE
"— Congonhas, rápido, por favor!
A aliança devolvo por Sedex."

    O processo da escrita ficcional está intimamente vinculado à leitura de bons — e mesmo maus — autores. É um aprendizado infindável onde a evolução (revolução?) acontece a cada nova leitura. Daí este posfácio tentando explicar porque escrevo e porque ainda tenho alunos: aprendo com eles, também me desafio nessa "luta mais vã"... "mal rompe a manhã".

    Brincar com palavras é sem dúvida um jogo fascinante, é "alumbramento"...

Sobre a autora

ESTHER PROENÇA SOARES é graduada em Letras Neolatinas pela Universidade de São Paulo e em Educação Artística, Artes Cênicas, com Licenciatura Plena, pela Escola de Comunicações e Artes, ECA-USP.

Tem formação em Psicodrama Pedagógico pelo GETEP, Grupo de Estudos de Técnicas Psicodramáticas e em Rádio, Setor Locução – SENAC.

Ministrou cursos em Educação permanente para professores, pedagogos, agentes sociais, terapeutas ocupacionais: Expressão Dramática, Comunicações Verbais, Oratória e Locução, Assessoria e cursos de Língua Portuguesa, Revisão de teses, livros e discursos e Oficinas de Contos.

Lecionou, atuou em palestras e cursos na área de Ergonomia, Posturas corretas nas vivências do cotidiano, além de Cursos de Prevenção ao Stress e de Relaxamento, de Marketing Pessoal para Executivos, Secretárias, Recepcionistas e Vendedores.

Atuou no Terceiro Setor como consultora e preparadora de voluntários de base em ONGs.

Impresso em São Paulo, SP, em agosto de 2015,
com miolo em off-white 90 g/m²,
nas oficinas da Graphium.
Composto em Rotis Semi Sans, corpo 11 pt.

Não encontrando este título nas livrarias,
solicite-o diretamente à editora.

Escrituras Editora e Distribuidora de Livros Ltda.
Rua Maestro Callia, 123 – Vila Mariana – São Paulo, SP – 04012-100
Tel.: (11) 5904-4499 / Fax: (11) 5904-4495
escrituras@escrituras.com.br
imprensa@escrituras.com.br
vendas@escrituras.com.br
www.escrituras.com.br